Théâtre dans la nuit

Patrick Cauvin

Théâtre dans la nuit

ROMAN

Albin Michel

© Éditions Albin Michel S.A., 1997
22, rue Huyghens, 75014 Paris

ISBN 2-226-09261-7

Ne t'étonne pas que cette nuit soit si claire, elle a dérobé sa lumière à l'étoile qui a scintillé sur la route de notre vie.

1933

C'était un pays d'aquarelle.

Il possédait cette fragilité tremblée, trop douce, trop inconséquente pour que Gérard Marchand s'y sentît chez lui, bien qu'il y demeurât depuis plus de trente ans. Cette terre n'était pas un terroir, elle ne lui avait pas permis d'y trouver des racines. C'était peut-être pour cela qu'il l'aimait.

Dans l'allée des feuilles mortes, il suivait le convoi.

Les sabots des chevaux creusaient d'imparfaites demi-lunes. Il avait plu la veille et le sol était détrempé. Des empreintes, une sorte de mémoire de la terre... Pendant quelques jours, il resterait ces traces : les roues, les pas emmêlés de la foule suivant le corbillard. Tout à l'heure, en quittant la départementale, une fleur était tombée de l'une des couronnes du cercueil, il avait failli se baisser pour la ramasser. Qu'est-ce qui l'avait retenu ? La crainte de paraître romantique soudain ?... Peut-

11

être était-ce le dernier cadeau d'Olivia : son âme avait détaché une ultime rose pour lui et il l'avait laissée à terre. Un symbole résumant leur couple : ils s'étaient manqués régulièrement, tout au long de leur vie, cela avait fini par créer une sérénité vaguement cynique, une connivence était née : le fait de ne pas être faits l'un pour l'autre et d'être obligés de vivre ensemble avait fait naître entre eux une instable complicité. Lorsqu'elle était morte, ils étaient devenus amis.

La rose avait disparu, écrasée par la longue procession.

Andoulard marchait à côté de Marchand. Malgré les gouttes qui coulaient des branches au-dessus de leurs têtes, il avait gardé son melon à la main. Crâne mouillé. Le dôme de chair blafarde brillait dans la matinée grise.

– L'hypertension pulmonaire était à craindre, dit-il, plus que l'insuffisance respiratoire, je pense que nous aurions dû...

Marchand sauta une flaque et le devant de son pardessus effleura les pétales d'une couronne à l'arrière du véhicule.

– Ne vous tracassez pas, dit-il, elle est morte d'ennui.

Andoulard sursauta. C'est vrai que la vie au sanatorium était monotone mais, tout de même, le diagnostic était bien tranché.

– Qu'est-ce qui l'ennuyait ?

– Moi.

Le médecin-chef eut un coup d'œil suspicieux vers son directeur.

– La tuberculose y a été pour quelque chose, poursuivit Marchand, mais l'ennui l'a achevée, on s'emmerde ici, Andoulard, on s'y emmerde avec force et profondeur, vous êtes emmerdant, vos collègues aussi, les malades, cette région, et moi, moi par-dessus tout. Elle en a eu assez, voilà tout.

Andoulard contempla ses souliers noirs, son pantalon gris, son manteau goudronneux, ses gants trianon, puis leva la tête vers le ciel d'étain et les collines d'ardoise. La bruine, au fil de l'automne, avait dû dissoudre les couleurs... elles étaient parties, elles ne reviendraient plus, même celles des fleurs avaient fui, il restait un ivoire pâli au cœur des pétales, des beiges délavés, le blanc lavabo des lys lugubres.

Bligny. Le sanatorium.

Paris était trop proche pour que l'on se sentît à la campagne, trop lointain pour que l'on pût parler de banlieue. C'était un lieu hybride, on y avait construit l'hôpital à l'orée du siècle. L'air tiède et marin de la Côte d'Azur n'avait guéri personne, l'air violent et glacé des montagnes suisses avait contribué à raccourcir quelques des-

tinées. On avait dû penser que, puisque la tuberculose était inguérissable, il n'était pas utile d'aller
loin pour en mourir. L'Ile-de-France avait ses
douceurs, ses crépuscules mouillés, cela convien-
drait tout aussi bien aux bacilles. On pouvait, ici
comme ailleurs, siroter les longues nuits de
silence, le calme du parc... Après cinq ans de
chaise longue, Olivia en avait eu assez et avait
décidé d'aller voir de l'autre côté de la vie si les
choses étaient plus joyeuses.

Même les chevaux étaient noirs, avec le temps
les bordures d'argent du convoi funéraire avaient
tourné au plomb.

Lorsqu'ils abordèrent la montée, Marchand se
retourna. Il y avait du monde : le personnel, quelques malades, des commerçants des villages proches, des notables – le maire de Frileuse, des
conseillers municipaux, des cousines lointaines
venues de la Drôme qu'il ne connaissait pas. Il
ne les voyait qu'aux enterrements, où elles portaient des voiles noirs, ce qui, les uniformisant,
rendait l'identification difficile. Il embrassait leurs
joues froides, un peu plus fripées à chaque fois.

Tout, de la crinière des bêtes jusqu'au pardessus de l'infirmier qui fermait la marche, était
humide, perlé de gouttelettes tristes. Un univers
amphibie aux lumières passées.

Il ne pleurerait pas. Inutile d'en rajouter. Il

fallait qu'il se cramponne à son projet. Il en avait parlé à Olivia. Il n'était pas parvenu à l'intéresser vraiment, elle avait toujours eu une carence du côté de l'enthousiasme. Même avant sa maladie, il en avait été ainsi. Ils s'étaient trouvés un jour, c'était la première année de leur mariage, devant les fresques de la chapelle Sixtine. Il ne s'y connaissait pas beaucoup mais une émotion l'avait étreint. Il était resté cloué au centre de la salle, elle avait dit alors – il devait se rappeler cette phrase jusqu'à la fin de sa vie : « Ce n'est pas de la peinture pour des gens qui ont le torticolis. »

Il faisait chaud à Rome ce printemps-là, dehors elle avait ouvert son ombrelle, et il s'était dit que s'il avait été un homme sage et courageux, il aurait continué sa route, la laissant plantée là, devant Saint-Pierre-de-Rome. Évidemment, ils étaient rentrés ensemble à l'hôtel où elle avait eu la migraine, et il avait mangé seul des pâtes au basilic en buvant du vin blanc d'Orvieto.

Pourquoi pensait-il à cela ? Ce n'était pas bien. Il n'arrivait pas à trouver un instant où ils aient eu un grand moment, un reflet de fête... Elle l'avait même empêché de chanter... c'était ridicule, cette mesquinerie qui s'emparait de lui, elle avait été sa compagne après tout, ils auraient pu avoir des enfants, sans doute en avait-elle souffert... Ils n'en avaient jamais parlé... ils parlaient si rarement... Peut-être lui en avait-il même voulu d'être malade... la femme du directeur du sanatorium qui attrape la tuberculose... il y avait là quelque chose de risible, de pitoyable...

Ils marchaient encore un peu, l'année dernière, dans les allées du parc. Ils allaient jusqu'à cet endroit où, entre les arbres, la plaine s'étendait au milieu des coteaux, on devinait les toits des premières fermes de Chantecoq. Andoulard avait recommandé un peu d'exercice avant de décréter que ce n'était plus nécessaire. Cela l'avait soulagé, il avait tant de peine à trouver des sujets de conversation. En général, il commentait les nouvelles du jour, le sana était abonné à *L'Œuvre* et au *Populaire*. Il ne se passait rien en France, Roosevelt avait été élu président, Hitler bougeait beaucoup en Allemagne, et on avait inventé un système plus rapide pour faire la soupe, cela s'appelait le moulin à légumes. Le progrès.

Parfois, il y avait des incidents au sana. Cela l'occupait, le sortait du train-train administratif. C'était avant tout des infractions au règlement, on retrouvait par exemple Varcelin, chef de bureau aux chemins de fer de l'État, glissé dans les toilettes des dames en compagnie de Lucette Danator, ancienne choriste des Concerts Pari-

siens... « Ce n'est pas étonnant, une actrice... »,
avait décrété Olivia.

Les nuages se déchiraient un peu, un vieux
papier journal trop imbibé laissant filtrer une
lueur plus vive... Lorsque le cortège franchit les
grilles du cimetière, Marchand eut le sentiment
que les contours devenaient plus précis, il avait
eu cette impression, enfant, lorsqu'il avait eu ses
premières lunettes, et en avait été presque effrayé,
il avait toujours vécu dans un monde flou aux
formes molles, et tout avait basculé dans une netteté agressive d'une effrayante précision. Même
le visage maternel avait conquis des angles, rien
n'était doux. Lorsqu'il était seul, il les enlevait
pour retrouver la moelleuse cotonnade dans
laquelle avait flotté le monde heureux de l'enfance myope.

Les chevaux s'arrêtèrent devant la tombe creusée la veille. Il y avait une flaque dans le fond et
il en éprouva un sentiment fait de chagrin et de
gêne. Ce ne devait pas être agréable de partir pour
l'éternité avec les fesses dans l'eau.

Le prêtre s'avança. Il avait été particulièrement
ennuyeux et long à l'église.

Cérémonie du goupillon. Ce n'était pas les
enterrements qui avaient manqué dans sa vie,
mais il ne se rappelait jamais si la croix qu'il devait
dessiner dans l'air devait commencer en haut, en

bas, à droite ou à gauche ; il s'en sortit comme d'habitude par un geste évasif, presque circulaire, et tendit l'objet à Andoulard.

Pourquoi n'arrivait-il toujours pas à penser vraiment à la morte ? S'était-elle déjà estompée comme, lorsqu'en se couchant, il retirait ses verres et qu'il ne voyait plus d'elle qu'une forme blanche et fantomatique ?

Pourquoi n'avait-elle pas cru à son projet ? Cela ne s'était jamais fait. Pour une fois qu'il aurait pu être novateur... peut-être d'ailleurs la disparition de l'épouse pouvait-elle être un moteur nouveau ; seul, avec regrets et absence de souvenirs, il repartirait, il irait trouver les gens du ministère, il remuerait les croûtons enfoncés dans les fauteuils des administrations concernées. Il ferait signer des demandes par les malades, il aurait l'appui des médecins. Son idée avait été bien reçue avant d'être oubliée, Andoulard y avait été favorable.

Pour une fois, il était sûr d'avoir raison, c'était une sensation dont il n'avait pas l'habitude et dont il avait été infiniment surpris, il n'avait pas eu de doute, même Andoulard qui ne croyait en rien y avait cru.

C'était décidé, la mort d'Olivia allait relancer la machine.

Le glas. C'était désespérant, ces cloches, dans l'automne.

Il serrait des mains, tête inclinée, il y eut le baiser aux interchangeables cousines, les condoléances de Duflanquel au nom des malades du bâtiment Est, celui qu'on appelait l'antre des caverneux, ceux-là connaîtraient une mort sifflante et difficile...

Il resta seul avec les deux fossoyeurs devant le cercueil.

Les autres sortaient du cimetière.

Il remarqua que quelques parapluies s'étaient ouverts, des fleurs noires et luisantes. L'odeur de terre et de feuillage mouillé monta jusqu'à lui. Adieu, Olivia.

Il regarda les fossoyeurs. Celui qui se trouvait sur sa gauche avait les mains derrière le dos. Il eut l'intuition qu'il se roulait une cigarette en douce, il la fumerait en recouvrant le cercueil.

– Excusez-moi, dit-il, je voudrais rester seul quelques instants.

Les deux hommes s'éloignèrent. Dans le mouvement, il distingua entre les doigts le cylindre de papier Job d'où dépassaient deux touffes de tabac gris. Il ne s'était pas trompé, il avait un œil de surveillant, de pion de collège.

La pluie s'accéléra, tambourinant sur le bois du couvercle.

Il passa un doigt dans son col amidonné et s'éclaircit la voix.

– Et maintenant, dit-il, ma pauvre Olivia, voici, dans son intégralité, comme tu m'as toujours empêché de le faire, l'air du deuxième acte du *Pays du sourire*, opérette dont la musique est de Franz Lehar, les paroles d'André Mauprey et Jean Marietti d'après Victor Leon sur un livret de Ludwig Herzen et Franz Lohner.

Il se campa plus fermement sur ses jambes et lança les premières notes.

– « Je t'ai donné mon cœur... »

A cinquante mètres de là, l'un des fossoyeurs alluma sa cigarette en se protégeant de sa casquette. La pluie à présent tombait dru.

– Écoute, dit son copain, il chante.

Ils regardèrent la silhouette sombre et étroite plantée au milieu des tombes que l'eau verticale noyait de plus en plus. Ils tendirent l'oreille.

– On ne chante plus comme ça, dit le fumeur.

L'autre hocha la tête.

– Ça vaut peut-être mieux.

Le directeur Gérard Marchand attaqua bravement le deuxième couplet, il savait qu'il n'atteindrait pas la note finale, trop haute pour lui, il n'y était jamais parvenu, ce n'était pas aujourd'hui qu'il y arriverait, cela n'avait pas d'importance, il sentait que ses larmes coulaient enfin, il y avait les gouttes froides de l'averse et celles, plus chaudes, qui venaient du cœur de sa peine.

Il se lança bravement. Comme chaque fois, il était parti trop haut, son cou se gonfla sous l'effort, il se haussa sur la pointe de ses bottines et jeta un cri de coq égosillé. Ça n'avait jamais été aussi lamentable.

Les fossoyeurs se regardèrent, navrés.

Marchand se recula, releva le col de son manteau ruisselant et fourra ses mains dans ses poches. Il venait de faire le serment qu'avant deux ans, son projet aboutirait : le théâtre existerait, au fond du parc, un grand théâtre, très beau, et l'on y jouerait, entre autres, *Le Pays du sourire.*

1937

Extrait d'une lettre d'Élisa à son père

« ... je suis heureuse de savoir que tout se passe bien pour toi, ce qui me ravirait cependant davantage, ce serait de savoir ce qu'est ce "tout" dont tu me parles... Tes affaires ? Ta vie ? Je relis ta lettre et je me dis que tu réussis cette fois encore à m'écrire quatre pages sans me donner une seule indication sur toi-même ni sur le monde qui t'entoure, tu serais président du Conseil ou condamné au bagne à vie que tes lignes pourraient convenir aussi bien. Un vrai tour de force, tu es un maître de l'abstraction et de la technique de non-information, tu ne te tais jamais autant que quand tu écris.
Pardon de ce qui précède mais je devais te le dire. Je sais que tu prends régulièrement de mes nouvelles auprès du médecin-chef, rien à t'apprendre donc à ce sujet que tu ne saches déjà.
Je devine de ta part une crainte concernant ce que l'on pourrait appeler mon déficit culturel.

A force de rester étendue sous les arbres d'Ile-de-France sans rien faire d'autre qu'écouter les grignotements des bacilles dans ses poumons, cette pauvre Élisa ne va-t-elle pas, en plus, devenir idiote ? Tubarde et idiote. Un beau doublé.

C'est possible. Je dors beaucoup, dormir est le plus souvent une victoire, et, pour te rassurer, je lis énormément, pas uniquement Platon ou Goethe, mais tout de même, j'essaie de maintenir la barque au milieu du courant.

Écris-moi de vraies lettres, avec des anecdotes, des visages, des choses neuves qui t'entourent. Si je veux savoir comment le gouvernement Blum est remplacé par Camille Chautemps, j'ai le journal pour cela, et je peux même t'avouer que ce genre de nouvelles ne me passionne pas. Je suis plus futile que tu ne le crois, parle-moi des films que tu as vus... je suis sûre que tu vas au cinéma.

Je vais te parler de ma vie, d'ici... »

Élisa Marin se considérait comme une record-woman : elle avait à vingt-trois ans accumulé un nombre d'heures de chaise longue difficilement égalable.

Cela avait commencé au préventorium, avait continué au sana, et elle avait calculé que si les choses continuaient encore ainsi quelques années, elle aurait passé plus de temps à l'horizontale qu'à la verticale. Elle arrivait à en rigoler avec les autres filles, mais parfois difficilement. De plus en plus difficilement.

Elle avait aussi une autre source de frustration, grandissant avec les années, elle se sentait désespérément vierge.

Étant donné les circonstances, cet état n'était pas près de s'interrompre. Lorsqu'elle prenait des poses de vamp devant le miroir surmontant son lavabo ou s'apercevait dans les vitres du réfectoire au repas du soir, elle se trouvait, suivant les angles, une certaine ressemblance avec Edwige Feuillère et, les jours d'optimisme, avec Greta Garbo. Le fait que les deux stars ne se ressemblassent en aucune façon ne la gênait pas du tout. Ce qui était navrant, c'est que tout cela était gâché : sans mister Koch, elle aurait sans doute déjà sombré dans les bras de sublimes godelureaux aux moustaches fines que l'on voyait papillonner sur les magazines auprès de vedettes en vison et robes de lamé. Elle se demandait parfois, au cours des longues siestes, si elle préférerait être la maîtresse de Pierre Fresnay ou de Fernand Gravey, avec, à l'occasion, la tentation de les quitter tous deux pour faire une escapade audacieuse en compagnie de Pierre-Richard Wilm, sans moustache lui, mais dont la fièvre du regard laissait supposer d'insondables profondeurs sentimentales...

Elle avait à ce sujet des conversations animées avec Henriette, sa voisine de transat. Elles se retrouvaient sous l'un des kiosques du parc et participaient toutes deux à la chorale. Élisa était mezzo-soprano. Elles s'engueulaient régulièrement au sujet des mérites de Jean Gabin qu'Henriette idolâtrait, le trouvant furieusement séduisant, surtout en casquette et pantalon de golf. Élisa riait, ayant élu des élégances plus fragiles.

Et puis, Henriette avait connu des hommes, dont Édouard, qui venait en visite parfois le dimanche. Élisa le trouvait bien rondouillard pour un amant, le fait qu'il fût conducteur de tramway entre République et Gare-de-l'Est n'en faisait pas à ses yeux un prince charmant, qu'il eût une épouse et sept enfants dont deux en bas âge la gênait moins, mais elle avait décidé avec fermeté qu'elle se paierait le luxe, dans ses rêves, d'avoir des amoureux au ventre plat et, de préférence, célibataires.

Dimanche dernier, Édouard et Henriette, après avoir échangé quelques baisers prohibés, s'étaient enfoncés dans le parc, avaient choisi le tronc d'arbre le plus épais et, derrière, s'étaient livrés l'un à l'autre en une étreinte fulgurante qui n'avait pas excédé trente secondes. Assise sur un banc moussu, Élisa, chaperon bienveillant, avait entendu, surmontant le gazouillis des oiseaux, les plaintes heureuses de son amie mêlées aux grognements bizarrement furibards de l'employé des transports parisiens. Elle en était restée rêveuse, longtemps.

Édouard reparti vers la capitale proche, Henriette s'était étirée longuement, avait exhalé un soupir et constaté : « Ça fait du bien ! » Élisa avait trouvé la formule un peu courte mais en avait été contente pour son amie.

Elle lisait beaucoup. La bibliothèque du sana était fournie, elle achetait aussi des livres au cours de ses sorties à la librairie du village. Balzac, Flaubert, Stendhal, des bouquins de médecine traitant des maladies pulmonaires avec, de temps en temps, une échappée vers les romans à succès, ceux de Pierre Benoit (ah ! le charme des méharistes bronzés par le vent du désert), de Claude Farrère, de Pierre Louÿs, René Boylesve surtout, où de jeunes garçons d'excellentes familles rencontraient en pantalon de flanelle et écharpe molle des créatures ondulantes sur le pont de yachts immaculés, voguant sur des lacs italiens. Elle trouvait cela idiot mais s'arrogeait le droit de s'en régaler. Privilège de la maladie, le sort ne l'avait pas suffisamment gâtée pour qu'elle dût elle-même s'imposer des lectures uniquement enrichissantes ; elle avait, trois jours auparavant, abandonné Alain et ses *Entretiens au bord de la mer* pour se lancer en rafale dans *La Double Forfaiture*, *Le Château des sept péchés* et *L'Amant des Carpates*.

L'Amant des Carpates commençait fort : une comtesse en chapeau cloche d'humeur voyageuse roulait de casinos en Rolls, fumant au-dessus de piles de jetons des cigarettes violines aux parfums balkaniques ; elle passait de palaces en palais, de Karlsbad à Lugano, via Monte-Carlo et Marienbad, elle avait un fort accent que l'auteur indiquait en multipliant les *r*. « Entrrrrez », disait-elle lorsque l'on frappait à sa porte. Elle avait une autre particularité, elle frémissait beaucoup. Lorsque Piotr, lieutenant d'un régiment de cavalerie de l'empire des Habsbourg, apparaissait dans sa loge à l'Opéra de Vienne, elle se dressait, frémissante. C'est ainsi que finissait le premier chapitre, sur un frémissement... Élisa en riait toute seule et s'endormait joyeusement.

Quinze heures.

Fin de sieste. Elle rejeta la couverture et sauta sur ses pieds. Au début, elle évitait les mouvements brusques pour ne pas réveiller les microbes tapis au creux des alvéoles, elle s'en moquait aujourd'hui et avait retrouvé son pas d'adolescente quasi sportif. Aie l'air en bonne santé et tu le seras. Docteur Coué, une méthode idiote mais sympathiquement idiote.

Autour d'elle le parc se remplissait de promeneurs. La plupart avaient gardé leur couverture et la portaient sur les épaules. Les voix montaient sous les arbres. Les frondaisons commençaient à devenir conséquentes et le groupe habituel des hommes se dirigeait déjà vers le kiosque central pour y jouer au jacquet.

Printemps 1937.

Il partait bien. Un soleil encore lointain mais présent. Elle chercha Henriette des yeux et se souvint que c'était son après-midi de correspondance, la modiste tirait la langue sur sa feuille blanche pour son hebdomadaire lettre d'amour à Édouard, expédiée dans une double enveloppe chez un receveur de tramway, pour éviter les catastrophes conjugales.

Élisa décida de rejoindre son coin préféré, le but habituel de ses promenades. D'abord il y avait les tilleuls qui embaumeraient bientôt et puis, tout au fond, le théâtre.

Elle s'engagea dans la lumière neuve d'avril. L'herbe des pelouses poussait, il faudrait la tondre bientôt...

Pas élastique. J'ai un pas élastique. Je suis une charmante jeune fille au pas élastique qui se promène dans la forêt. J'ai vingt-trois ans et j'em-

31

merde mister Koch. Si elle n'est pas polie, cette expression traduit parfaitement le fond de ma pensée. Plus une seule traînée sanglante dans mes crachats. Bye, bye, bacille... ne rêvons pas à ce point.

Le voilà.

Elle retrouvait toujours l'endroit avec plaisir. Ce ne devait sans doute pas être, pour un professionnel de l'architecture, une réussite absolue, mais elle aimait les colonnes de la façade, les trois lucarnes, le zeste de chinoiserie dans les toitures et d'Antiquité romaine dans le fronton, le plus étrange était que l'auteur des plans était un fervent de l'art mexicain. Avec de la bonne volonté on pouvait en retrouver un écho dans les grilles ; sous les arbres, l'édifice avait une belle allure...

Elle avança et, sous le porche, contempla une fois de plus le buste que les années commençaient à patiner et qui la laissait toujours perplexe.

C'était celui d'un petit monsieur pincé aux lunettes sévères, l'ancien directeur.

C'était à lui que l'on devait la construction du théâtre. En voyant le bronze, on n'aurait jamais songé que l'homme ait pu avoir une idée aussi étonnante. Élisa en avait discuté avec des surveillantes qui avaient connu Gérard Marchand – son nom était gravé sur le socle – et elle avait été surprise d'apprendre qu'il s'était battu des années,

avec obstination, pour obtenir autorisation et crédits jusqu'à la victoire finale. Il avait tenu à assister à l'inauguration, une troupe venue spécialement de Paris avait interprété, devant plus de cinq
cents malades, *Le Pays du sourire*. Le lendemain de
la représentation, qui avait eu un gros succès,
Gérard Marchand était parti sans explication. Six
mois plus tard on avait retrouvé son corps près
d'Antibes-Juan-les-Pins : il était coincé dans les
restes d'une voiture de marque Citroën à la ligne
dite « aérodynamique ». L'enquête montra qu'il
conduisait parfaitement ivre mort, l'automobile
avait franchi le parapet et s'était écrasée dans les
roches, trente mètres plus bas. Certains prétendirent qu'il ne s'était jamais vraiment remis de la
mort de son épouse et qu'une fois son rêve réalisé,
il n'avait plus jugé intéressant de continuer l'aventure terrestre.

Élisa scruta le visage anodin. Que s'était-il
passé à l'intérieur de cette tête ? L'âme du petit
monsieur rôdait-elle dans les coulisses les soirs de
représentation ? On y jouait la plupart du temps
des choses gaies, Noël-Noël venait parfois avec
ses comédiens, elle-même était déjà montée sur
scène deux fois, le jour de la fête annuelle, avec
les autres choristes. Elles se pinçaient avec Henriette les après-midi de répétition, se taillant une
réputation de chahuteuses. Elles chantaient *Extase*

de Massenet, « La Barcarolle » des *Contes d'Hoff-mann* et le chœur des enfants de *Carmen.* Applau-dissements nourris à chaque fois. Pas plus enthou-siaste que les tubards.

Le silence était total. Les lieux les plus animés étaient aussi ceux où le calme était le plus pro-fond. Une histoire de contraste, sans doute. La dernière fois, c'était *La Fille de Madame Angot,* une troupe de Carpentras était montée jusqu'ici. Elle avait eu longtemps la musique dans la tête. Merci, monsieur Marchand, mon petit bonhomme à l'allure d'employé des Postes et aux grands rêves étranges.

Il y avait un papier sur la porte. Trois punaises. La dernière s'était détachée et le coin inférieur gauche de l'affichette se soulevait, mû par le vent frisant.

« A l'attention des interprètes :
Les répétitions de *Presto Subito* auront lieu les 15, 16 et 17 avril dans l'après-midi à partir de 14 heures. Les clefs sont à demander chez le gardien. »

Élisa réfléchit. On était le 14. Et si demain elle allait faire un petit tour ? En se faisant petite, on accepterait peut-être sa présence, elle ne serait pas gênante... elle pourrait même en parler à Hen-riette et la décider à l'accompagner.

34

Elle fit le tour des murs, se retourna avant de partir, adressa un clin d'œil cordial à Gérard Marchand comme elle en avait l'habitude, et reprit l'allée des tilleuls.

Sous le kiosque, les parties de jacquet se déroulaient. Les quatre tricoteuses occupaient leur banc traditionnel et le cliquetis métallique des aiguilles résonnait déjà sous la voûte du feuillage naissant.

Il y avait un mystère dans tout cela... ce n'était pas un endroit semblable aux autres, Élisa s'était demandé pourquoi et pensait avoir trouvé la raison de l'étrangeté du lieu. Le parc, les allées, les vasques, les statues, tout cela serait, pour la plupart des gens qui y vivaient, le dernier décor qu'ils verraient. Peut-être restait-il sur le tronc des arbres, sur les buissons taillés des troènes, une pellicule particulière, celle que laissent les derniers regards. Cet univers était fait pour y mourir, un pays fait pour attendre... Peut-être était-ce cela que Gérard Marchand avait voulu fuir... Il y avait des moments joyeux, les fleurs poussaient, la tonnelle resplendissait, mais c'était les ultimes fleurs, la tonnelle finale. Élisa sentit qu'elle allait se mettre à frissonner, comme l'héroïne de *L'Amant des Carpates*, et enfonça les mains dans les poches de sa jupe. Ses doigts heurtèrent la petite boîte de fer qui s'y trouvait en permanence : le crachoir portatif était obligatoire. Elle ne s'en servait plus depuis plusieurs mois. Elle ne toussait plus. Bien entendu, cela ne voulait pas dire qu'elle allait mieux, mais cela pouvait vouloir le dire. Pas de fausse joie. Surtout pas. Contrôle-toi, ma fille. Contrôle-toi.

Joséphine Sévérini déboucha d'une allée. Trop tard pour l'éviter. Joséphine avait deux particularité, la première était qu'elle ne savait pas marcher lentement. Malgré les exhortations des médecins et les gronderies incessantes, elle jaillissait de son lit et galopait gaillardement dans les couloirs comme un écureuil dans sa cage, elle sillonnait le parc à grande vitesse, ce qui donnait l'impression de la voir partout à la fois. Elle fonça droit sur Élisa.

– J'ai trouvé un truc.

– Ah, ah, dit Élisa.

C'était la deuxième particularité. Chaque semaine, Joséphine trouvait un remède imparable contre le fléau de la tuberculose. Le dernier en date était le Rhéastar dont elle avait lu la réclame dans un journal. Elle était arrivée à s'en procurer une dizaine de flacons.

– Le Rhéastar ne tue pas les microbes, avait-elle expliqué, il tue les toxines que produisent les microbes. C'est marqué sur l'étiquette.

Elle avait insisté particulièrement sur le fait que l'article précisait que 27 267 malades avaient été guéris par Rhéastar. Aucune raison évidemment qu'elle ne soit pas la suivante.

– Regardez bien, prévint-elle.

Elle sortit de sa poche une boîte d'allumettes de cuisine, s'assura d'un regard circulaire qu'elles étaient seules, et en craqua une sur le frottoir. Elle approcha la flamme de ses narines et aspira avec une apparente volupté.

– Vous pigez le truc ?

– Pas vraiment, dit Élisa.

Joséphine agita l'allumette qui s'éteignit.

– C'est simple, dit-elle, le soufre.

– Développez, l'encouragea Élisa.

Joséphine piaffa légèrement, sautillant sur place.

– Un désinfectant puissant, c'est dans tous les dictionnaires. Question : que pulvérise le vigneron qui ne veut pas que les micro-organismes s'attaquent à sa vigne ?

Élisa décida de lui faire plaisir.

– Du soufre.

– Bien, dit Joséphine. Et qu'est-ce que c'est qu'un micro-organisme ?

– Un microbe.

– Parfait. Et qu'est-ce que le B.K. ?

– Un autre microbe.

– On est d'accord. Alors, si le soufre détruit le microbe du phylloxéra, pourquoi est-ce qu'il épargnerait celui de la tuberculose ?

– Aucune raison.

Joséphine hennit de satisfaction et secoua sa boîte, produisant une mitraillade légère.

– J'ai deux autres boîtes dans ma chambre.

Elle démarra en flèche, mue par un élastique invisible.

J'ai un phylloxéra dans les poumons, pensa Élisa, attention à la vendange. Qu'est-ce que Joséphine inventerait la semaine suivante ? Peut-être avait-elle trouvé la solution : rebondir d'espoir en espoir. J'aime bien Joséphine. Plus courageuse que moi, que nous tous.

Elle eut l'impression qu'elle respirait plus largement. Elle se sentait bien. Peut-être la danse du soleil dans les feuilles vertes.

Elle décida d'aller retrouver *L'Amant des Carpates*. Comment s'appelait-il déjà ? Piotr. Non, pas Piotr. Piotrrr...

C'est pas Tchekhov.

Voilà ce qu'il fallait se dire, que ce n'était pas Tchekhov.

– Tu te tiens plus dans le fond, dit Verdier, entre les deux chaises.

Sylvain recula de deux pas. Les planches craquèrent. Chaque fois que l'un des acteurs se déplaçait, il était accompagné d'une mousqueterie de lattes pétaradantes.

– On mettra des tapis, dit Verdier.

Peu probable. Promesses, promesses...

– Allez-y, filez toute la scène. A toi, Max.

Max avait depuis longtemps posé ses cent dix kilos sur un tabouret dérobé en coulisse. Normalement, le jour de la représentation, il y aurait un fauteuil. Pour l'instant, il se trouvait dans le camion avec les autres accessoires et les montants du décor, et, si tout allait bien, ledit camion devait rouler entre la porte d'Orléans et le sana.

Max tourna sa masse vers Sylvain et laissa filtrer entre ses paupières un regard qui pesait plusieurs tonnes. Max jouait lourd. Aussi lourd que lui.

– « Ne restez pas là comme un empoté, vous devez avoir l'habitude des réceptions, il est mentionné dans vos références que vous avez servi chez un prétendant au trône. »

Sylvain eut un léger mouvement du buste, souligné par une moue respectueusement dédaigneuse.

– « Du Liechtenstein, Monsieur, en fait une branche collatérale et lointaine. Très lointaine même, figurez-vous que...? »

– « D'accord, vous nous raconterez tout ça une autre fois... Allez, introduisez, mon vieux, introduisez ! »

Sylvain lança sa réplique avec la distinction

guindée des valets de Boulevard. Il jouait bien, il adorait ça, depuis toujours.

Cela avait démarré au cours préparatoire, le jour de la distribution des prix. Il avait six ans, il devait interpréter *Le Loup et l'Agneau*.

Il avait donc récité *Le Loup et l'Agneau* et, devant ce qui lui avait paru être un triomphe sans équivalent depuis les origines du monde, avait enchaîné avec *Le Renard et les Raisins*. La surprise du public fut amusée et compréhensive, elle le devint moins lorsque, sans reprendre haleine, il attaqua *Le Laboureur et ses Enfants*. Lorsqu'il eut terminé, Mlle Picot, son institutrice, quitta son siège dans le but évident de venir le prendre par la main, d'effectuer quelques ronds de jambe avec sourire mielleux, et de le ramener dans les coulisses. Elle n'avait pas soulevé un quart de fesse qu'il s'était déjà lancé dans *Les Animaux malades de la peste*. Tout en récitant, il distingua un léger brouhaha dans le rang des officiels et, peut-être, il n'en fut jamais sûr, un cri de protestation véhémente dû sans doute à un père d'élève jaloux dont le fils ne devait pas avoir les capacités récitatives de Sylvain Kaplan.

Quoi qu'il en soit, au beau milieu du *Renard et la Cigogne*, il se sentit soulevé vers les cintres par ce qu'il pensa être l'enthousiasme, mais qui était en fait l'adjoint au maire. Il put alors rejoindre sa mère dont les larmes coulaient sans relâche.

Près de vingt ans après cet événement, elle était encore capable de s'effondrer sur la table de la cuisine au seul souvenir de ces instants et de s'étrangler à nouveau sous l'empire de la plus intense hilarité qu'elle eût jamais connue. Elle aimait, en particulier, relater, ce qui finissait heureusement le récit de cet épisode, que l'enfant, enfin extirpé du podium, avait tenté d'y retourner en prétextant qu'il avait oublié *Le Lièvre et la Tortue* ainsi que *Le Savetier et le Financier*. Elle avait dû le retenir prisonnier en le serrant contre elle, en un mélange de tendresse folle, de fierté décuplée et de farouche volonté protectrice. Elle avait nettement entendu, deux rangs derrière elle, deux des copains de son fils se déclarer l'un à l'autre : « Il casse les couilles, Kaplan, avec ses *Fables*... » Petits crétins, sans doute incapables d'ânonner trois vers à la suite, tandis que son fils...

Sylvain effectua un demi-cercle parfait et eut l'impression de casser un bataillon de branches mortes.

– « Devrai-je servir la soupe en premier ? »

Max eut un sursaut, ses bajoues fluèrent et refluèrent.

– « De la soupe ? En plein mois d'août ? »

– « Un potage glacé, Monsieur, un velouté andalou. »

Je n'ai pas assez glissé de distance dans le reproche sous-jacent, pensa Sylvain. Si Verdier ne ronflait pas au premier rang, c'est ce qu'il devrait me dire.

– « J'ai pensé, poursuivit-il, que ce serait un délicat sous-entendu à l'intention de Madame l'ambassadrice. »

Max fronça les sourcils, croisa les jambes, écarta les narines, plissa les yeux et remua les oreilles. Il interprétait toujours ainsi l'étonnement.

– « Qu'est-ce que Madame l'ambassadrice a à voir avec la soupe ? »

Sylvain, très à l'aise, passa un doigt dans le vide, là où se trouverait le dessus de cheminée dont il testerait la propreté en gants blancs.

– « Madame l'ambassadrice est dans le potage, Monsieur. »

C'était l'une des répliques fortes de la pièce.

Max effectua les mêmes mimiques qu'avant sa réplique précédente mais en sens inverse.

– « Qu'est-ce que vous entendez par là ? »

Sylvain exprima le triomphe discret en un quart de sourire.

– « Madame l'ambassadrice est née Swanson et Mlle Swanson est l'héritière des potages Swanson and Swanson, une marque fort appréciée et encore plus répandue outre-Atlantique, une colossale fortune. »

Max leva les bras au ciel, se souleva, retomba comme un sac de charbon et branla du chef.

– « Et cette petite dinde de Léonie qui refuse le mariage », gémit-il.

Arrivée de Léonie. C'était Adrienne Favereau qui jouait le rôle. Pour l'instant, elle devait se trouver quelque part entre Miramar et la gare de Lyon. Normalement, elle aurait dû être là et faire une entrée pétaradante avec un trait de peinture rouge sur la joue. Rires dans la salle, Sylvain faisait alors remarquer :

– « Mademoiselle a pris des couleurs... »

Les rires redoubleraient. Il faut dire que le public savait, en cet instant, que Léonie, fille de Max, sénateur de son état, était amoureuse de Robert, jeune musicien désargenté qui avait pu pénétrer dans la maison de sa dulcinée en se faisant passer pour un peintre en bâtiment, et qui était en train, durant tout le deuxième acte, de badigeonner le plafond de la salle de réception. Ledit Robert ne devait surtout pas rencontrer le sénateur qui voulait marier, pour des raisons financières, sa fille unique au fils de l'ambassadeur, fils dont la mère, née Swanson, était dans les potages. L'affaire se compliquait aux actes suivants du fait que ladite ambassadrice, jouée par Adrienne qui tenait les deux rôles, avait été la maîtresse effrénée du personnage que jouait Sylvain (faux domestique) qu'elle tentait de récupérer malgré la jalousie explosive de l'ambassadeur, ex-terroriste d'origine argentine. Le tout s'appelait *Presto Subito* et avait été écrit par Rodal et Vibert, professionnels en gaudriolesques quiproquos depuis le début du siècle.

Le rideau du premier acte tombait sur la réplique de Sylvain après que, du revers de la main, la jeune Léonie eut tenté d'essuyer la trace qui maculait sa joue.

– « Je constate, disait Sylvain, impassible pince-sans-rire, que l'air de la campagne convient à Mademoiselle. »

Applaudissements et brouhaha, c'était immanquable. Ils avaient joué plus de soixante fois, pourquoi Verdier tenait-il toujours à répéter, c'était bien inutile, le spectacle roulait bien ?

Joli théâtre dans un étrange endroit, un parc d'hôpital. Ils joueraient mardi soir devant des malades, des tuberculeux. Paulard, qui faisait l'ambassadeur, n'était pas rassuré. Il prétendait qu'il y avait des risques, qu'il faudrait conseiller au directeur de l'établissement de mettre les plus contagieux dans le fond de la salle.

– C'est vrai, quoi, avait-il dit, quand tu te marres,

tu postillonnes, c'est humain, eh bien, leurs postillons, c'est plein de saloperies qui se baladent dans l'air, et quand tu les attrapes dans les poumons, crac, t'es cuit.

– T'as qu'à jouer comme d'habitude, avait dit Max, ils se marreront pas et tu seras peinard.

Sylvain les aimait bien tous : Max, Paulard, Adrienne, Verdier, ils rôdaient autour de la cinquantaine et ne dételleraient jamais, ils tournaient depuis des années de salle des fêtes en théâtre municipal, de sous-préfecture en halle de marché. Ils pouvaient tout jouer, le vaudeville et le mélodrame, ça allait de *On purge bébé* à *Dom César de Bazan* (le triomphe de Max), de *Bijou, enfant de Paris*, dans lequel Adrienne Favereau, dans le rôle-titre, perdait un kilo et demi par représentation, jusqu'à *La Débauchée*, drame de la misère et de l'alcoolisme. Ils pouvaient faire l'opérette et le classique, Verdier indifféremment devenait Harpagon ou Alceste, Paulard poussait la chansonnette et Xavier Pointeau, le dernier de la bande, émouvait les dames de l'assistance en leur présentant son profil gauche, le plus grec des deux, et en battant des cils. Pointeau occupait dans la troupe Verdier les rôles de jeune premier, Sylvain était le valet, tous les valets, de Mascarille à Sganarelle, en passant par Maître Jacques et Sancho Pança avec trois oreillers sur l'estomac.

Cette affectation lui avait été donnée par Albert Lambert.

Sylvain avait passé une audition pour entrer au Conservatoire, il avait dix-neuf ans et avait tenté désespérément de retrouver le culot du petit garçon qu'il avait été et qui ne voulait pas quitter la scène. Avant de partir, sa mère lui avait resserré la cravate et épousseté le gilet, puis lui avait donné ses ultimes recommandations :

– Installe-toi devant eux et ne bouge plus. Tu joues toute la pièce, tous les rôles à toi tout seul, et s'ils en veulent encore, tu leur passes les *Fables* de La Fontaine.

– Je ne suis pas sûr qu'ils en veuillent encore, avait-il dit.

Un trac monstrueux lui avait séché les muqueuses, pas une goutte de salive, la gorge comme un Sahara, mais à l'appel de son nom, il avait foncé, double pirouette, un jeté battu, et il avait balancé le monologue d'Almaviva – il adorait Beaumarchais, son brillant, ses paillettes, sa rouerie, son insolence –, il avait ondulé, donné de la fossette, de l'entrechat, avait pratiquement terminé en grand écart et avait attendu la sentence dans un silence de cimetière.

Malgré la violence des projecteurs, il avait vu se soulever, dans un voile d'or, la silhouette massive de Lambert ; il était le tragédien absolu, dans sa voix de bronze pouvait couler toute la douleur de l'humanité. Sylvain avait encore le cœur dans les oreilles, un tambour battant la charge.

Lambert avait pris appui sur ses paumes et avait penché sur la table un buste menaçant. Lorsqu'il avait ouvert la bouche, il sembla au jeune candidat que le doyen de la Comédie-Française avait été chercher sa voix dans ses chaussettes.

– Et un saut périlleux, mugit-il, ça ne vous tente pas ?

C'était foutu. Il n'y avait plus rien à perdre.

– Je peux vous en rajouter un, dit Sylvain, j'ai trouvé que ça faisait un peu trop, mais si vous y tenez...

L'œil noir du maître était jupitérien. La foudre allait éclater et la terre s'entrouvrir.

Je m'en fous, pensa Sylvain, je ferai du cinéma.

Lambert se racla la gorge et le garçon eut l'impression que les colonnes de marbre se fissuraient autour de lui. Récite-leur *Le Loup et l'Agneau*, pauvre con, vas-y, récite-leur... Parce que à six ans tu aimais faire le pitre, tu as cru avoir la vocation, erreur, mon bonhomme, erreur.

– Vous allez lâcher Almaviva immédiatement, gronda l'oracle, et vous me préparerez Figaro pour la semaine prochaine. Classe de M. Denis D'Inés. Suivant.

Il était sorti en somnambule. Dehors, c'était Paris, le gris des perles des grands matins ouverts, c'était libre et grand jusqu'à la Seine, le Louvre traversé comme une liberté, les quais jusqu'à l'horizon comme un avenir, les premiers bouquinistes, voilà, ça y était, il était parti, ça devait s'appeler, dans les mauvaises pièces, le chemin de la vie... Il avait marché jusqu'à la Concorde, tout était vaste, des bassins aux pelouses, il s'était accoudé aux balustrades, il avait fait attention de ne pas courir car, dans l'élan, il se serait envolé, il aurait décollé en pigeon et dépassé les toits, plané par les Champs-Élysées jusqu'à l'Arc de triomphe... Regardez-moi, je suis Sylvain Kaplan, l'homme-oiseau, vous entendrez tous parler de moi demain, vous lirez mon nom sur les affiches, ce n'est jamais écrit très gros, mais tout de même ! Ils m'attendent tous : Figaro, Gros-René, Scapin, Covielle, tous les laquais, les marquis ridicules, les maîtres de musique, d'armes, de philosophie, les fâcheurs, les Trissotin, les Georgibus, les Almanzor, ils sont tous déjà là à m'applaudir, ils tendent leurs défroques, leurs bonnets, leurs rubans, ils seront miens demain, dans la lumière et sous le fard, je vous ferai rire tous et vous m'aimerez énormément.

Valet de comédie. Ça tombait bien parce que, en fait, les amoureux étaient ennuyeux au théâtre, chez Molière comme chez Marivaux, chez Musset comme chez Dumas fils. Toujours pâmés, languissants, pâlissants, Clitandre, Horace, Valère, toute une cohorte de blondinets guimauve et caramel mou, toujours à la limite de l'évanouissement dès que passe la mignonne... « Comme il est pâle, hélas, pauvre jeune homme, son mal est donc sans espoir ?... » C'était exaspérant, ces éphèbes fiévreux, le genou à terre et la main sur le cœur, il n'aurait pas pu jouer cela, lui il lui fallait de la cabriole, de l'arlequinade... Toute sa vie s'était décidée là, dans ce matin des Tuileries, il serait comédien, il l'était déjà. Il y avait un vent clairet qui chahutait la cotonnade des nuages duveteux et dénudait le ciel en amant impatient, cherchant la peau d'azur sous les cumulus. Il lui était toujours resté quelque chose de cette joie, de cette force, même aujourd'hui, même cinq ans plus tard, c'était encore lui, présent...

– Tu as encore besoin de moi ?

Verdier réglait les lumières, un des projecteurs avait des faiblesses, Xavier jouait les électriciens, sans grand résultat, Max avait déjà regagné sa loge.

Il restait deux jours avant la représentation. D'ici là, tout serait au point. C'était toujours pareil, on avait l'impression, dix minutes avant les trois coups, que l'on allait annuler, que les montants ne tiendraient pas, que les projecteurs claqueraient, qu'Adrienne serait aphone, et puis tout roulait dans l'huile, Verdier dans le trou du souffleur suait comme un phoque, et c'étaient les premiers rires, comme un signal joyeux du public qui prévenait que tout marchait.

Sylvain sauta dans la salle, négligeant l'escalier. Il faisait très sombre. Il distingua un vide entre les fauteuils, une ligne obscure qui la coupait en deux, parallèlement à la scène.

– Il manque une rangée, dit-il.

Verdier, pris dans le faisceau de lumière, s'ébroua.

– C'est fait exprès, les femmes sont devant, les hommes derrière, et le personnel est dans le fond. On ne se mélange pas.

Sylvain chercha ses gauloises. Il allait s'en faire une dehors, tranquille, sous les arbres. Il avança dans la pénombre.

Il était parvenu au bout de la salle lorsqu'il distingua une forme sur l'un des sièges. Il plissa les paupières pour mieux voir. Ça avait l'air humain.

Un pinceau lumineux balaya la salle, des dorures bondirent et moururent. Sylvain avait eu le temps d'apercevoir deux yeux sous une frange, un sourire inquiet et un menton sur deux genoux.

– Ah, ah, dit-il, une spectatrice clandestine, en plus, dans la partie réservée aux mâles. Votre compte est bon.

Élisa se recroquevilla davantage.

– Je ne suis qu'une fervente admiratrice, dit-elle, lorsque je vous ai vu sur la scène, j'ai d'abord cru que c'était Tyrone Power. J'ai vite compris mon erreur. Vous êtes cent fois mieux.

Culottée. Sylvain respira profondément. Il ne la distinguait plus dans la nuit de la salle mais il avait gardé sous ses paupières l'image du sourire. Une image bleue comme l'azur des Tuileries après un concours de conservatoire.

– Heureux que vous l'ayez remarqué, dit-il. Je vous propose un tour de parc, une cigarette, un café au village, tout ce que vous voudrez.

Il la vit se lever sans hésitation. Elle passa devant lui et il sentit le parfum de la jeune femme. Il y avait de la lavande là-dedans, l'odeur des sachets dans les armoires. La verveine, ce devait être le shampooing.

Elle poussa la porte et déboucha dans le hall de soleil, près du buste de Gérard Marchand. Elle portait une veste de laine blanche trois fois trop grande pour elle, et des chaussures de toile étonnamment laides. Lorsqu'elle se tourna vers lui, un rayon éclaira le rire de ses pupilles, et Sylvain Kaplan sut que le monde mouvementé des tournées Verdier, les trains nocturnes, les sandwiches dans les chambres, les lavabos sur le palier, tout ce qui faisait sa vie venait de prendre son sens et sa raison, qu'il suffisait qu'elle soit apparue pour que tout s'organise en un ordre heureux, indiscutable et harmonieux. Elle serait l'apaisement, la consolation, la raison d'être, elle était là sur fond de printemps, devant le fronton de ce théâtre, et l'avenir était à nouveau ouvert. Rêves, ambitions venaient de renaître, les emmerdements ne tarderaient pas, toujours, avec les femmes, peut-être pas avec elle. Ne me quitte pas des yeux, pas une seconde.

Elle avait une fossette à gauche qui s'accentuait depuis quelques secondes.

– Élisa Marin, dit-elle.

Elle tendit la main.

Sylvain la serra et leva les yeux. La lumière s'était survoltée, il se demanda si les plombs n'allaient pas sauter...

Il faisait vraiment très beau.

– Et il t'a pas grondée ?

– Tu parles, il s'en moque pas mal. Il m'a même dit que, si je le voulais, je pouvais revenir demain pour la suite des répétitions.

Henriette piocha un haricot de la pointe de sa fourchette et l'examina avec circonspection.

– Ah, ah, un rendez-vous, il perd pas de temps, ton saltimbanque.

Élisa pensa qu'il y avait des moments où cette fille était stupide. Au fond, il n'y avait que les fous rires qui les reliaient, des crises d'hilarité nerveuse, des décharges émotives, mais à part ça...

– Et tu dis qu'il joue les valets ?

– Oui. Comiques.

– Comme Fernandel ?

Élisa attaqua sa purée. Le mardi soir, c'était la purée, haricots-purée. Pas de quoi être surpris, cela faisait deux ans que c'était la purée le mardi soir, et pourtant c'était un choc à chaque fois. Elle emplit la cuillère, déposa le contenu sur sa langue et avala d'un coup. Le seul moyen pour que ça passe. Je hais la purée. Dès que j'aurai franchi cette porte, plus aucune purée de patates ne forcera le rempart éclatant de mes dents de porcelaine.

– Comme Fernandel, mais il ne ressemble pas à Fernandel.

Henriette sembla avoir du mal à assimiler l'information. Elle peinait à imaginer qu'un type faisant la même chose que Fernandel n'eût rien à voir avec Fernandel.

– Il ressemble à qui, alors ?

Élisa, des quatre pointes de sa fourchette, dessina sur la surface molle de son assiette une tour Eiffel, un triangle équilatéral, un crucifix, la mer par tempête, une fraise des bois et un paquebot de fort tonnage. Elle effaça le tout du dos de l'instrument et décida d'avancer prudemment.

– Est-ce que tu trouves qu'Édouard est beau ?

Henriette ouvrit la bouche de stupéfaction.

– Bien sûr !

Comment pouvait-il en être autrement ? Un homme avec un bide aussi en poire ne pouvait être que magnifique.

– Eh bien, poursuivit Élisa, je le trouve plus beau qu'Édouard.

Henriette prit l'air pincé.

– La jalousie, dit-elle.

Élisa se mit à rire et se renversa sur la chaise.

Elle s'était faite à cet endroit. Le repas avait lieu à 19 heures, et il n'y avait que peu de temps que l'on n'allumait plus les lampes. Cela voulait dire que les beaux jours commençaient. Alors, à travers les fenêtres apparaissaient les troncs des châtaigniers, les socles aux statues absentes. Dans le fond, s'étendait le grand bassin. A cette heure, les oiseaux avaient fui et les eaux étaient immobiles. Il suffisait de l'égratignure instantanée d'une aile pour que le miroir se troublât, mais, en cet instant, il reflétait la masse de l'hôpital, un double parfait, inversé. Elle pouvait distinguer son balcon au troisième étage, le balcon de sa chambre. C'est là, l'été, que se déroulaient les longues siestes, si ennuyeuses les premières semaines.

Elle ferma les yeux. Le cliquetis des fourchettes, les pieds des chaises gémissant parfois sur le linoléum, le feutre des pantoufles que chaussaient les femmes de service. Il y avait un charme dans cette paix, ces conversations retenues. Rien ne pouvait survenir ici, le danger était intérieur, il guettait au fond des alvéoles fracassées, peu de toux, très peu de toux, cela l'avait toujours frappée. On toussait moins dans un sanatorium que dans une salle de concerts. Peut-être parce qu'on savait ce que cela voulait dire.

Ses yeux se portèrent à nouveau vers l'étang. Elle ne pouvait pas le voir d'ici mais elle savait que là-bas, plus loin, derrière les saules, se dressait le théâtre.

Avaler une bonne fois pour toutes cette bon Dieu de purée, le petit-suisse qui allait suivre et fuir pour pouvoir se rappeler tout, dans les détails, tout revivre, au calme, au fond de son lit, lumières éteintes.

Pas grand-chose à revivre d'ailleurs, parce que en fait il ne s'était rien passé, juste une balade ; elle lui avait montré les serres, il n'y avait jamais personne par là. Quand elle lui avait dit qu'elle était pensionnaire ici, il avait fait une drôle de tête.

– Mais vous allez guérir ?

C'était autant une affirmation qu'une question, et le ton qu'il venait de prendre la fit rire.

– J'espère bien.

Il s'était mis à tousser.

– C'est psychique, avait-il expliqué, dès que l'on me parle de tuberculose, je tousse, par sympathie.

– Très gentil, dit-elle, mais inefficace.

Ils avaient fait trois pas sans parler.

– On vous soigne bien ?

– Très bien.

Que te dirais-je, mon bel acteur, que l'on ne sait pas encore s'y prendre, que les savants cafouillent, que les médecins passent d'un traitement à l'autre, qu'il existe un vaccin mais pas de remède, que je serai peut-être morte dans l'été...

– Vous viendrez à la représentation samedi ?

– Bien sûr.

Il avait hoché la tête. C'est à ce moment-là que nos épaules se sont effleurées.

– Ce n'est pas une très bonne pièce, dit-il, même pour le Boulevard elle n'est pas terrible, tous les ressorts sont usés, mais on aime bien la jouer : les gens rient, il y a peu de personnages, peu de décors, c'est important pour nous.

J'ai senti une tristesse à ce moment-là, comme

Andoulard lorsqu'il me donnait les résultats des analyses, ce n'était pas mal mais ce n'était pas parfait, le mal ne progressait pas mais ne régressait pas non plus... C'était pareil pour lui : il avait atteint quelque chose à quoi il tenait mais il voulait mieux.

– Vous aviez l'air heureux tout à l'heure, sur scène.

– J'aime jouer, mais *Presto Subito* commence à me bassiner sérieusement.

Elle avait pilé net.

– Si on vous demandait de choisir une pièce, un...

– Tchekhov.

C'était parti tout seul, il avait compris très vite où elle voulait en venir, rapide M. Kaplan. Ils étaient installés dans l'herbe, face à face, en tailleur. Pourvu que personne ne passe. Il s'était lancé.

– Tous les personnages sont semblables à travers toutes ses pièces, ce sont des désespérés mais ils font les pitres, ils l'ont toujours fait parce que le monde se défait, ce sont eux les plus sensibles au fond, ils ont saisi l'âme de ce temps, le charme des espaces de neige et de boue...

Parti à fond, l'artiste, heureusement que j'avais lu Tchekhov, j'avais vu *La Mouette* aussi, au Vieux-Colombier, en octobre 34, avec papa, jouée par Ludmilla Pitoëff ; c'est vrai que j'avais ressenti cela, cet écroulement, ces rêves toujours remis, et ces plaisanteries qui ne faisaient plus rire personne...

– Ce sont des clowns pâles, les gardiens des traditions. En fait, la société russe ne se maintient plus que par eux : sans leurs grimaces et leurs calembours, tout se défera à jamais, il n'existera plus que la plaine et les forêts dont, peu à peu, on coupera les arbres.

– Où tu es, là, mignonne ?

Élisa donne un coup de talon et passe de l'après-midi dans le parc au présent du réfectoire, comme une remontée de plongeur.

– Je suis avec ma petite copine Henriette, et j'essaie d'avaler cette infamie à base de pommes de terre.

– Pas du tout, tu me regardes mais tu ne me vois pas, tu manges mais tu ne sens pas le goût, et je peux te dire que c'est pas à moi qu'on peut la faire, parce que je connais les symptômes.

– Les symptômes de quoi ?

– De l'amour.

Je déteste quand elle parle comme ça, j'ai horreur des grands mots, du déballage, et elle, elle s'y vautre évidemment, en midinette, elle est capable de s'inventer une passion dévorante rien que pour s'occuper la sieste.

C'est tentant, pas un mâle autour de moi, à

58

part les allongés du bâtiment Nord, le chauffeur de la camionnette de l'épicerie de Fontenay qui a des rouflaquettes et une moustache en guidon, et des médecins sexagénaires. Et ne voilà-t-il pas qu'au milieu de ce désert apparaît un comédien piaffant et juvénile, la mèche onduleuse et le sourire permanent, alors évidemment cette crétine ne va pas chercher plus loin. Comme elle doit succomber au premier pantalon qui passe, elle ne peut pas s'imaginer que quelqu'un d'autre qu'elle, moi en l'occurrence, puisse rester de marbre. D'ailleurs, le propre des imbéciles est de penser que tout le monde réagit de la même manière qu'eux, c'est-à-dire imbécilement. J'aime bien Henriette mais il faut reconnaître qu'elle est idiote.

Je me demande où il dort. Sans doute avec le reste de la troupe à l'auberge du village. Je suis passée devant plusieurs fois au cours de mes promenades. Il doit dîner en ce moment, je lui souhaite de ne pas avoir de la purée.

Ce repas n'en finit pas. Comme souvent le soir, mais plus particulièrement aujourd'hui. C'est un peu comme si le jour ne voulait pas mourir, des doigts de lumière s'accrochent aux vitres, aux branches des arbres, pour ne pas glisser si vite dans le noir, un crépuscule têtu qui ne voudrait pas laisser la place... peut-être la nuit était-elle la défaite du jour, plus ici qu'ailleurs parce que, avec elle, les terreurs surgissaient, les douleurs parfois, et aussi les rêves aux yeux ouverts : sur tous les murs de la chambre s'étalait l'image de ses poumons, les radiographies géantes envahissaient jusqu'au plafond, et elle n'osait pas regarder sur la gauche, le lobe atteint, la caverne creusée... Elle connaissait tout le vocabulaire, la nécrose caséeuse, le foyer métastasique apical, le foyer primaire, les voies hématogènes... fallait pas lui en conter, elle était devenue un vrai dictionnaire médical, et parfois, des mots mêmes, la peur naissait. La « nécrose caséeuse » entre autres, quelqu'un qui avait ce genre de truc ne devait pas s'en débarrasser facilement, il était en fait déjà mort, nécrose, nécrologie, nécromant, tout cela sentait la terre et le bois de sapin. C'étaient des mots qui se prononçaient naturellement à voix sépulcrale. Joséphine avait bien raison de tout tenter puisque rien ne servait à rien ou presque, alors pourquoi pas respirer des allumettes...

Dans les couloirs des femmes, des bruits couraient, certaines avaient dix ans de sana derrière elles, la plupart prétendaient que la maladie rendait les hommes sexuellement fous, elles racontaient des anecdotes, était-ce le produit de leurs fantasmes ?... Élisa n'avait pu le découvrir mais cet univers aux murs blancs et carrelés, où l'air se respirait à petites goulées, du bout des bronches, était aussi celui de toutes les folies, de toutes les misères, de toutes les exaspérations.

Petits-suisses, mous et blanchâtres cylindres dressés sur des soucoupes. Dose de sucre en poudre. Le repas s'achève et les premières lampes s'allument.

Que pourrait-il y avoir entre nous ? Rien évidemment. C'est même gentil à lui de ne pas avoir fait trois bonds en arrière lorsque je lui ai dit que j'étais l'une des malades. Des gens ont la phobie de la contagion.

Il est vrai qu'il suffit d'un rien, d'une rencontre, celle d'un organisme passagèrement fatigué avec un beau bacille bien vibrant, tout neuf et pétant de santé. C'est moi le bacille. Un titre pour la série de bouquins : après *L'Amant des Carpates, La Maîtresse pulmonaire*, par Calmette et Guérin, les duettistes bien connus.

Le réfectoire décrivait un L, une frise de faïence courait le long des hauts murs, des fleurs compliquées aux volutes emmêlées, une retombée de l'Art nouveau, qui rappelait à Élisa les arabesques élégantes des entrées de métro, les affiches pour la Boldoflorine, son univers d'avant, celui de Paris. La comparaison s'arrêtait là. Dès que les yeux quittaient la bordure, tout sombrait dans le blanc particulier des hôpitaux, elle ne l'avait retrouvé nulle part ailleurs... il en était de même pour l'odeur de désinfectant qui se mélangeait le matin à celle du café au lait... Un jour, je quitterai cette vie, je serai une femme vraie, entière.

Les malades bavardaient. Le repas terminé, elles semblaient à présent plus excitées. C'était l'heure difficile, celle de la dernière prise de température, qui montait en général avec le soir... il y avait alors répartition en trois grandes catégories : les 37, les 38, les 39... Pourquoi s'était-elle longtemps sentie responsable de son 38,4 ? L'infirmière secouait le thermomètre, visage fermé, et annonçait : 38,4.

Élisa avait l'impression de ne pas y mettre du sien, pourtant elle suivait les instructions, s'efforçait de dormir longtemps, elle se déplaçait lentement, prenait ses médicaments, s'appliquait à obéir en tout pour être la patiente parfaite, et elle ne décollait pas de son 38,4. Les choses avaient évolué par la suite, il y avait eu son pneumothorax et, après quelques semaines, elle était entrée dans la catégorie des 37. Une victoire. Il fallait qu'elle y reste, qu'elle y reste à tout prix, elle évoluait entre 37,4 et 37,8, la nuit s'en ressentait. A 37,4, son sommeil était paisible, à 37,8 de noires cohortes surgissaient au cœur du sommeil, des menaces de cauchemars.

Elle avait porté un drain longtemps, il s'écoulait

dans un bocal, quelle chance folle elle avait eue que Sylvain Kaplan ne soit pas venu à ce moment-là... Elle ne sortait alors jamais de sa chambre... avec toute cette tuyauterie, cette purulence : j'ai pleuré, bon Dieu, durant ces journées, qu'est-ce que j'ai pu pleurer, je n'arrivais plus à ouvrir les yeux, ils n'étaient que deux poches de larmes, je trempais tous mes oreillers. Pourquoi est-ce que cela m'arrivait, à moi ? Qu'est-ce que j'avais fait ? Qui me punissait ?

Henriette et Élisa se levèrent ensemble et sortirent. Les tables étaient presque toutes désertes, des demi-lunes blanches maculaient le fond des petites cuillères, des traces aussi sur les assiettes. Tout serait désinfecté ce soir. Bruits de chaussons s'éloignant dans les allées, la plupart des femmes iront écouter la radio au salon, il y a eu un bombardement sur un marché en Espagne, je ne me souviens plus du nom du village, des morts, Franco tente de faire croire que ce sont les républicains qui sont responsables du massacre, des anarchistes ou des mineurs des Asturies... Blum ne bouge pas. Je ne comprends pas bien son attitude, je n'ai jamais été passionnée par la politique, mais il ne faut pas laisser les foyers d'infection se répandre, et celui-là est tout proche, c'est en bas à gauche contre nos frontières, une éruption sanglante... L'Espagne crache le sang, il faudrait aider la République à ligaturer l'artère qui se vide.

– Je te fais les cartes ?

Élisa refuse... Cela l'a amusée quelquefois, Henriette lui prédisait son destin. Il y avait des voyages, toujours, un homme blond qui avait une grande importance dans sa vie, l'obstacle venait de la dame de trèfle, elle apparaissait immanquablement, celle-là, à un moment ou à un autre. Qui était-elle ? De la chance encore que ce ne soit pas celle de pique, parce qu'elle représentait la mort.

– T'as tort, je pourrais te dire s'il pense à toi.

– Bonne nuit, Henriette.

Elle coupa court et longea le mur de l'ancienne enceinte pour regagner sa chambre. Tu parles comme il doit penser à moi ! Il doit avoir une créature dans chaque port et une régulière dans la troupe... mœurs libres, les comédiens, c'est bien connu.

Lorsqu'elle ferma derrière elle la porte de sa chambre, elle n'alluma pas. La nuit était claire et elle pouvait distinguer sur le mur l'ombre portée de tous les objets qu'elle avait accumulés peu à peu dans la chambre : le poste de T.S.F., les vases, les bouquets séchés, les piles de livres, la lampe de banquier sur son bureau à cylindre. Lors de sa dernière visite, son père lui avait apporté la Remington, elle ne s'en était pas encore servie.

Tout cela était fantomal, des ombres de lune, douces et floues... Pourquoi n'ai-je pas le moral ce soir ? Pourtant la pièce est drôle.

« Madame l'ambassadrice est dans le potage, Monsieur ! » Pas de quoi se tordre, mais enfin... Il le dit bien, de façon lointaine, en majordome dédaigneux. Dommage qu'il ne soit pas plus grand. Il est plus grand que moi, une demi-tête, mais on voudrait toujours que les acteurs soient grands, très différents des autres, avec des physiques particuliers, des yeux de braise, des tailles fines... Tu deviens cinglée, ma pauvre fille, tu dis n'importe quoi... Une balade dans un parc pour fumer une cigarette, et voilà, une parlote, pas de quoi en faire une tragédie ni même une comédie, même pas *Presto Subito*... Peu probable qu'il soit là demain d'ailleurs, il doit se dire qu'il a eu du pot que je ne lui aie pas postillonné dans les narines. Il ne va pas courir le risque deux jours de suite.

Il ne viendra pas et je m'en fous parce que le but, c'est de guérir, le reste ne compte pas, c'est le but absolu, suprême. Vivre. Tu connais quelque chose qui égale ça, Monsieur le Comédien ? Moi pas.

Mais quand même, s'il fait beau, si tu n'as rien d'autre à faire, si ça te dit, s'il n'y a pas d'obstacle ni d'empêchement, histoire de griller une gauloise, comme ça, pour rien, juste pour passer le temps, viens. Je serai là.

– Tu n'aimes plus la daurade prince Orloff ?
– Plus que jamais.

C'était une vieille histoire. Elle datait du temps où Marina inventait des plats. Cela lui arrivait souvent, durant les périodes de porte-monnaie vide. En fait, elle n'inventait pas, elle mélangeait. Un jour, Sylvain, encore enfant, rechignant à avaler alternativement des nouilles le midi et de la soupe de pois cassés le soir, elle avait versé l'un dans l'autre.

– Qu'est-ce que c'est ?

Le ton était celui de la méfiance. Il y avait de quoi : des serpents blanchâtres surnageaient dans une mer d'un vert tropical.

Marina Kaplan n'avait pas hésité.

– Des nouilles prince Orloff.

Sylvain, impressionné, avait avalé le tout sans grimace. Pendant toute une période, tout ce qu'il mangeait était préparé à la façon du prince Orloff.

Plus tard, Sylvain avait interrogé sa mère.

– Qui était le prince Orloff ?

Elle n'en savait rien. Elle avait, au temps de sa jeunesse, dégusté dans un restaurant de Prague quelque chose au « prince Orloff », elle ne se rappelait plus quoi, mais le nom sonnait bien. Les années avaient passé, près de vingt ans, Marina Kaplan servait toujours à son fils de la nourriture prince Orloff.

Bords de Marne.

C'était encore un endroit amphibie. A l'horizon proche, il suffisait de grimper au sommet de la berge pour apercevoir la jonction de la rivière et du fleuve : la Seine filait vers Paris. Tout du long s'échelonnaient les pavillons de meulière aux frontons étroits et aux jardinets étriqués. Marina y plantait ses rangs de radis, objet de tous ses soins. Sylvain avait vécu là, dans la chambre du rez-de-chaussée, au ras des eaux comme un ragondin ; il y nageait l'été, s'y enrhumait l'hiver et déclamait toute l'année.

Deux ans après sa naissance, Alexandre Kaplan, son père, était parti un soir reconquérir la Terre promise ; il prenait depuis quelque temps des airs affairés et mystérieux, et, un soir de confidences, avait expliqué à son épouse qu'il avait adhéré aux thèses de Theodor Herzl et s'était inscrit dans une organisation sioniste extrémiste, qui ne cesserait le combat qu'après avoir fait sauter Westminster, expédié les Arabes dans les fins fonds du désert et s'être installée à Jérusalem. Elle ne fut pas surprise, vu l'étendue de ce programme, de le voir disparaître une semaine après, avec ses économies et deux valises. Elle ne le fut pas davantage, trois ans plus tard, lorsqu'elle apprit qu'il avait ouvert une épicerie-quincaillerie dans un souk de Damas, où il fumait le narguilé en remplissant le tiroir-caisse. Elle sut également qu'il avait énormément grossi à cause des loukoums pour lesquels il avait toujours eu une faiblesse.

Marina avait continué à travailler. Couturière à domicile appréciée, elle devait à l'habileté de ses doigts de pouvoir survivre et élever son fiston dans l'amour du théâtre, l'irrespect des traditions et la dégustation d'un nombre incommensurable de nouilles, lentilles, patates, puis lentilles, nouilles, patates, toutes « prince Orloff ».

Après qu'il eut considéré l'avenir en contemplant l'échappée des Champs-Élysées jusqu'à l'Arc de triomphe au printemps 1932, Sylvain avait pris le métro jusqu'à la gare de Lyon, le train jusqu'à Charenton et ses pieds jusqu'à la maison natale.

Marina n'avait pas eu besoin qu'il ouvre la bouche pour savoir qu'il était reçu, qu'il serait comédien, et que, désormais, la vie de son fils serait scandée par le fracas des applaudissements, les triomphes sur lesquels se fermerait le velours riche et écarlate des rideaux de tous les théâtres du monde.

Elle lui avait confectionné ce jour-là une tarte aux poireaux à la Orloff. Les poireaux venaient du jardin et étaient exceptionnellement filandreux. La température étant douce, ils avaient mangé dehors et avaient pu les recracher dans l'herbe : ce fut l'un de leurs plus joyeux repas.

Sylvain suivit les cours du Conservatoire durant trois mois. En rentrant un soir dans la maison des bords de Marne, il vit par la fenêtre la silhouette de Marina et eut l'impression d'une illustration pour une collection de romans à deux sous dont les titres auraient pu être : *Le Sacrifice d'une mère, Tout pour mon fils, Couturière pour toujours* ou *Maman jusqu'à la mort.*

En fait, le spectacle qu'elle offrait ce jour-là était le même qu'à l'ordinaire, elle était installée devant son habituelle machine à coudre sur laquelle elle était douloureusement penchée, occupée à couper un fil avec ses dents, pratique usitée chez les couturières confirmées. Sylvain la trouva soudainement vieillie et ingurgita avec un appétit moindre son camembert du soir.

Le lendemain, il signait son engagement dans les tournées Verdier. Il était temps pour lui d'aider à faire bouillir la marmite s'il ne voulait pas cuire éternellement dans l'enfer du remords.

Il avait raconté à Marina qu'il avait sauté sur une occasion unique, les tournées Verdier représentaient une chance qui ne se reproduirait pas deux fois, une pléiade de vedettes étaient sorties de leurs rangs. Il avait cité en vrac Pierre Blanchar, Harry Baur, Annabella, il avait menti effrontément et était parvenu à la convaincre.

Elle était venue le voir jouer *Les Fourberies de Scapin* en matinée scolaire au cours complémentaire de Maisons-Alfort et, un soir, au théâtre municipal de Villeneuve-Saint-Georges où la troupe donnait sa pièce fétiche : *Presto Subito*. Elle avait beaucoup ri.

Sylvain apportait de l'argent à la maison, elle continuait à travailler et l'horizon s'éclaircissait. Elle n'hésitait plus à prendre le tramway et s'offrait même le cinéma le dimanche après-midi, au Régent de Charenton-le-Pont, elle y retrouvait Fred Astaire, Viviane Romance, Laurel et Hardy, Shirley Temple, Michel Simon et Marlène Dietrich. Inévitablement, un jour, il y aurait Sylvain Kaplan, c'était même étonnant qu'il n'ait pas encore eu des propositions de ce côté-là. Cela viendrait. Il jouerait avec les plus grands. Hollywood peut-être. Il avait quelque chose de Gary Cooper. En plus petit bien sûr, mais Gary Cooper quand même.

– J'ai rencontré une fille à Bligny.

Elle resta la fourchette en suspens.

Bligny, c'était l'endroit où il jouerait le lende-

70

main. Jamais il ne lui avait parlé de filles. Elle savait qu'il en avait connu quelques-unes, c'était bien suffisant.

– Ah, ah, ah, dit-elle. Ah, ah, ah, ah.

Sylvain piocha dans son assiette. Elle ne saurait jamais faire cuire le poisson. Elle ne saurait d'ailleurs jamais rien faire cuire. C'était étonnant, cette incapacité totale qu'elle avait pour la cuisine. Pourquoi tu lui parles d'Élisa ? Tu pouvais garder ta langue dans ta poche, pauvre crétin.

Marina s'essuya la bouche du coin de sa serviette et tortilla les lèvres comme Bette Davis dans *L'Intruse*. C'était une actrice qui l'avait vivement impressionnée. Un condensé de femme du monde et d'aventurière-née.

– Comédienne ? questionna-t-elle, détachée.

– Non. Malade.

La voix de Marina baissa d'une octave.

– Malade de quoi ?

– Tuberculose.

Marina Kaplan posa sa fourchette sur la table, se leva, se rassit, souleva son verre, le reposa, creusa la mie de son pain, fit trois boulettes, croisa les jambes, respira à fond et lâcha :

– Tu me racontes depuis le début ou je me suicide tout de suite ?

Sylvain commença son récit.

Ils s'étaient revus durant l'après-midi de ce

même jour. La deuxième rencontre. Malgré le soleil, elle portait une veste de laine tricotée, la même jupe ample, mais deux choses avaient changé : le haut et le bas. Elle s'était fait un chignon et portait des chaussures à talons plats moins laides que celles de la veille. Ils s'étaient promenés en spirale, agrandissant le cercle autour du théâtre à chaque passage. Ils avaient parlé de pleurésie séro-fibrineuse avec épanchement, de Louis Jouvet, de Guernica, de Marina Kaplan, de Félix Marin père, d'étés bretons, d'automnes en Provence et, bizarrement, d'Albert Lebrun, président de la République.

A l'heure prévue pour la répétition, il l'avait fait entrer dans la salle. A cette occasion, il lui avait pris la main, ce qui s'était avéré parfaitement inutile, dans la mesure où il n'y voyait pas plus qu'elle pour la guider.

Verdier avait râlé pour le principe et le retard, et, avec Adrienne Favereau, ils avaient donné leur scène du troisième acte, celle-là même qui les avait rendus célèbres à Hénin-Liétard et Montluçon.

Adrienne sautait dans les répliques comme dans un train express. Une brûleuse de planches, disait-elle d'elle-même.

– « Pourriez-vous m'expliquer pourquoi la Rolls est en panne ? »

Sylvain s'installait dans sa dignité compassée.

– « Je crains que ce ne soit la durite, Madame. »
Un temps.

– « Et ça se soigne comment, une durite ? »

– « Ça ne se soigne pas, Madame, ça se change. »

Elle tournait autour de lui, hésitait. Verdier moulinait des bras pour lui indiquer d'occuper plus d'espace, lui restait figé, face au public.

Elle l'examinait et, brusquement :

– « Dites-moi, ne vous ai-je pas déjà rencontré quelque part ? »

Sylvain toussotait.

– « Je le crains, Madame... »

– « Vous le craignez... et où ? »

– « A Palavas, Madame, il y aura deux ans en septembre. »

– « Qu'est-ce que vous faisiez à Palavas en septembre ? »

Il avalait sa salive.

– « A Palavas en septembre ? »

– « Oui, à Palavas, en septembre. »

Sourire crispé.

– « J'avais l'honneur d'être l'amant de Madame. »

Adrienne se promenait de long en large plusieurs fois (le nombre exact dépendait de la durée des rires du public), puis s'exclamait :

– « Vous êtes Adhémar de Rochebrune ! »

73

Mimique retenue.

– « Je le crains, Madame. »

Elle se ruait sur lui, sautait dans ses bras et l'embrassait sauvagement.

– « Mon Adhémar !!! »

Seule dans la salle, pelotonnée dans son fauteuil, Élisa riait. Est-ce qu'il l'embrassait vraiment ? Cent contre un que le mari allait arriver.

Pari gagné.

Paulard surgissait côté jardin. Il était en col roulé, mais la pièce se jouait en frac, Sylvain le lui avait dit. Paulard se figeait devant le couple enlacé. Sylvain l'apercevait en premier et se dégageait.

– « Je puis affirmer à Madame qu'elle n'a aucune poussière dans l'œil. »

Ce n'est vraiment pas Tchekhov, pensa Élisa.

Après, entrait sur scène l'amoureux de Léonie, musicien embauché comme peintre, et Sylvain vint la rejoindre dans la salle.

– Alors ?

– Du Shakespeare.

– Je voulais vous le faire dire.

Ils étaient sortis dans le parc, Sylvain lui avait raconté Marina, le prince Orloff, les baignades d'été sur les bords de rivière, les guinguettes, plus loin vers Joinville, la lenteur du courant, la fraîcheur des eaux presque mortes. Élisa lui avait dit Félix Marin, son père, administrateur en A.E.F.,

74

réintégré sur sa demande à Paris, au ministère des Colonies, une mutation qu'il avait souhaitée pour se rapprocher de sa fille.

– Il connaît de moi plus l'intérieur que l'extérieur, il sait tout de mes radios pulmonaires, mais je ne suis pas sûre qu'il me reconnaisse dans la rue.

Curieux bonhomme, dont elle ignorait encore, trois ans auparavant, qu'il fût chauve, ne l'ayant jamais vu qu'en photographie, sous casque colonial. La tuberculose avait fait naître des liens paternels, il venait à Bligny une fois par mois et écrivait régulièrement. Elle ne niait pas qu'elle en était heureuse, il avait l'air parfois si coupable...

– On se revoit demain soir, après la représentation ?

Elle avait baissé la tête.

– Il sera tard.

Il avait allumé une nouvelle gauloise à la précédente. Depuis qu'il l'avait rencontrée, il avait quadruplé le nombre de cigarettes.

– Il ne fait pas froid.

– C'est vrai, les soirées sont douces.

– Nous n'avons pas le droit, dit-elle, nous regagnons nos chambres après le spectacle.

Bouffées bleues. Elles montaient dans l'air chaud. La fumée de l'été.

– Ne me dites pas que vous n'avez jamais fait l'école buissonnière...

Bien sûr que non ! Certaines nuits où l'angoisse avait été trop forte, elle était sortie du bâtiment pour marcher dans le parc, elle savait comment éviter le poste de surveillance, dans le hall d'entrée. Elle suivait la ligne des arbres jusqu'à l'étang, c'était une folie de sortir ainsi, mais elle ne pouvait s'interdire de penser que la fraîcheur qui naissait des eaux stagnantes, des feuilles épaisses des nénuphars et des mousses, faisait tomber sa fièvre, éteignant lentement le feu ravageur qui la consumait... Oui, elle viendrait, bien sûr.

Sylvain Kaplan ne parla, ce soir-là, que d'Élisa Marin, dans la maison du bord de l'eau.

Depuis sa première sortie en poussette, Marina lui avait toujours remonté le col, noué l'écharpe, par crainte des coryzas ou autres maux de gorge, l'avait élevé dans la lutte contre la sournoiserie des courants d'air, et il ne trouvait rien de mieux que de faire le joli cœur avec une poitrinaire. Elle fut, un instant, sur le point de le lui reprocher, mais il y avait dans les yeux de Sylvain une lumière inconnue, quelque chose dans sa voix qu'elle n'avait jamais entendu, et elle décida de ne pas l'interrompre.

Elle ne croyait ni aux dieux ni au destin, elle savait seulement que, parfois, le vin qui coule dans les veines des hommes devient si fort, si chaud, qu'il embrouille les pensées raisonnables, et qu'il n'existe plus dans leur cerveau enivré qu'un visage de femme. C'était ce qui arrivait à son fils.

Ce sera difficile, pensa-t-elle, mais je dois essayer de ne pas être une mère juive.

– « Maman, maman, je suis reçu ! »
Adrienne, ébahie, fixa Xavier Pointeau.
– « Au bac ? »
– « Non, Mère, chez la duchesse. »
– « Tu m'as fait peur. »
La salle croulait sous les rires. Élisa glissa un coup d'œil vers Henriette à sa gauche. Elle s'essuyait les yeux.

Trois toiles peintes représentaient ce que les vaudevillistes appelaient un intérieur bourgeois : fausse cheminée, fausses boiseries, fausses portes-fenêtres donnant sur un faux parc, peu d'accessoires, un divan rouge et or, trois fauteuils... Lorsque Sylvain était apparu, dès la première scène, Henriette s'était penchée vers sa voisine et avait soufflé :

– C'est lui ?

C'était lui. Élisa avait, dès cet instant, senti une étrange paix l'envahir. Pourtant, le brouhaha avait été plus intense que d'habitude au réfectoire, c'était ainsi lors de chaque représentation, les

77

femmes s'étaient fardées plus que d'ordinaire, il traînait, sur le chemin conduisant au théâtre, des parfums inaccoutumés... On avait d'abord fait entrer les femmes. Les hommes étaient venus plus tard, les nœuds de cravate étaient plus soignés. Quelques-uns avaient lancé des plaisanteries en direction des premiers rangs.

Les surveillantes faisaient office d'ouvreuses. Soir de fête. Élisa avait, en pénétrant dans le hall, salué le buste de Gérard Marchand. Sans vous, cher directeur, je ne vivrais pas ces minutes... On jacassait tout autour d'elle, le bruissement de la salle avant le lever du rideau lui avait rappelé son adolescence : les jours de sortie, ou durant les vacances scolaires, ses tuteurs l'emmenaient aux Bouffes-Parisiens, au Saint-Martin, à la Renaissance ; elle aimait cette attente, les froissements des robes, les murmures, la chute lente des lumières préludant aux trois coups. C'était la douce délivrance, la plongée dans le plaisir lorsque l'étoffe se soulevait.

Mais ce soir c'était différent.

Vingt-trois ans et un premier rendez-vous. On ne peut pas dire que je suis en avance. La faute à mister K.

Mon cœur régulier, étonnamment calme, sonore, lointain, enfoui au fond de moi. Je n'arrive toujours pas à savoir si j'ai eu tort ou non de mettre ces bigoudis. Comme si je ne frisais pas assez comme ça. Stupide. Enfin, il est encore plus stupide de s'angoisser à ce propos, puisque, de toute façon, il fera nuit, donc noir. Je pourrais venir peinte en jaune qu'il ne s'en apercevrait même pas. 37,4 ce soir. Mon minimum.

Sur la scène, Léonie s'était agenouillée aux pieds de Max dont les bajoues tremblotaient.

– « Papa, je peux tout faire pour toi, mais... »

– « Les gens qui commencent leur phrase en disant "je peux tout faire pour vous" s'apprêtent toujours à vous refuser la seule chose qu'on leur demande. »

Adrienne-Léonie croisa les bras.

– « En tout cas, je n'épouserai pas Ernest ! »

Sylvain apparut, traversa la scène. Le plancher craquait abominablement, couvrant les voix. Verdier avait paré le coup : il fallait parler ou marcher, jamais les deux ensemble.

– « Je tiens à préciser à Monsieur que si Mademoiselle épousait Monsieur, Monsieur risquerait d'être mal vu de Madame. »

Henriette hoquetait. Derrière, dans les derniers rangs, un des spectateurs trépignait.

– « Mais de quel Monsieur parlez-vous ? Vous ne pouvez pas vous exprimer correctement ? Je n'arrive plus à comprendre un seul mot de ce que vous dites ! »

Sylvain retint un soupir.

– « Lorsque je dis "je tiens à préciser à Monsieur", je m'adresse à Monsieur, et lorsque je mentionne le nom de Madame, c'est à la dame de Monsieur que bien évidemment je fais allusion, quant au Monsieur de Mademoiselle, il s'agit d'un autre Monsieur que Monsieur, ce qui va sans dire. »

Max gémissait, grognait, se prenait la tête à deux mains, et c'était déjà l'entracte.

Henriette se tourna vers Élisa. Ses yeux papillotaient, assaillis par la violence des lustres.

– Tu veux que je te dise ?

– Dis-moi tout.

– Il est mieux qu'Édouard !

Élisa rit. Elle adorait Henriette soudain.

– Il a un peu moins de ventre...

Il restait une heure à peu près, le dernier acte, et elle le retrouverait. Je suis cinglée, complètement. La troupe repart en tournée dès demain. A Châtenay-Malabry. Ce n'est pas loin, mais tout de même. Il m'a parlé du Sud-Ouest durant l'été : les villes d'eaux, Biarritz, Saint-Jean-de-Luz. Verdier a beaucoup de demandes à ce moment-là, ils enchaînent représentation sur représentation, c'est Vichy, Vals-les-Bains, Châtelguyon... est-ce qu'il se rappellera un peu le sana ?... Il sera submergé par les curistes, il cumulera les rhumatisantes, les asthmatiques et les constipées. Je sais que je l'attendrai. En général, les romans où les femmes attendent m'exaspèrent, je les trouve bornées. Eugénie Grandet par exemple : pas plus énervante avec sa douce résignation, une vie derrière son carreau à attendre le pas d'un cheval sous sa fenêtre, immobilisme et fidélité. Un jour, il revient, guilleret, marié depuis dix ans évidemment. Je ne suis jamais arrivée à la plaindre. La pire, c'est madame Butterfly, je suis allée l'écouter chanter en 27, dans la loge de mes tuteurs, j'ai pleuré deux bons litres de larmes, mais alors elle, comme attendre ne suffit pas et que le bien-aimé se repointe, le bec enfariné, avec sa nouvelle épouse, qu'est-ce qu'elle fait ? Elle lui donne son fils unique et, pour la bonne mesure, se fait hara-kiri. Après mon départ, ils ont dû essorer la moquette du palais Garnier.

Donc, je l'attendrai, mais pas longtemps.

Et puis attention, pas de rêve, il n'a encore rien dit, pas un quart de gramme de déclaration, rien ne se passera, une promenade au clair de lune, voilà tout.

Elle renversa sa tête contre le dossier. Elle aimait les fresques des plafonds, les colonnades des balcons, c'était un univers de strass, de clinquant et de lumière, et en même temps il se dégageait de tout cela, malgré la foule, une intime douceur ; elle provenait peut-être des velours, des franges dorées des embrasses, du fait que la douleur ici était factice, les larmes fausses : un lieu où se donnait le spectacle du monde ne pouvait être qu'inoffensif, douillet et confortable...

La sonnerie retentit, fin de l'entracte. Henriette n'avait pas cessé de parler, Élisa s'aperçut qu'elle ne l'avait pas écoutée une seconde, et s'en voulut. Il y eut l'habituelle cérémonie d'installation des spectateurs s'apprêtant à appareiller pour la suite du voyage, la recherche de l'engoncement le plus propre à la captation des ondes de plaisir qui allaient naître.

Lever de rideau.

Le décor était le même, mais l'éclairage différent : des rideaux cette fois tirés, un lit remplaçait le divan, on se trouvait dans une chambre.

Déjà, la tête de l'ambassadeur émergeait. C'était Paulard, repoussant les édredons.

– « Quelle heure est-il, Amandine ? »

L'ambassadrice s'étirait, encore endormie.

– « Je n'en ai aucune idée, mon amour. »

Tête réjouie de Paulard.

– « Mais à mon avis, il est celle de vous en aller, poursuivait Adrienne, pâteuse, l'ambassadeur va bientôt rentrer. »

Les rires repartaient, redoublaient lorsque Paulard précisait :

– « Mais je suis déjà rentré, Amandine... »

Sursaut de l'épouse : entre les deux têtes apparaît celle, chiffonnée, de Sylvain.

Henriette manqua tomber de son siège. Quels lurons, ces Vibert et Rodal, ils n'en manquaient pas une...

Pendant le reste de la scène, Élisa se sentit devenir doucement maternelle... Sylvain jouant en caleçon et fixe-chaussettes, elle nota qu'il avait les mollets galbés, et la tendresse l'envahissait à le voir ainsi. Elle s'étonna de se sentir plus fière de lui que s'il avait porté un uniforme rutilant de hussard de la Garde, se montrer ainsi était la preuve qu'il avait surmonté le ridicule, qu'il n'en avait pas peur, elle se dit qu'elle aurait été incapable, elle, de déambuler de cette façon devant toute une salle. Incapable.

Scène finale, celle où se trouvaient réunis tous les acteurs et où tout s'arrangeait. Adrienne jouant les rôles des deux femmes, Verdier avait à trois reprises dû couper, le temps que la comédienne change de robe.

Xavier Pointeau ouvrit la porte côté jardin, déguisé cette fois en plombier, une clef anglaise à la main, pour qu'aucun doute ne soit permis.

– « Ça y est, le lavabo est débouché. »

Adrienne-Amandine se précipitait sur lui.

– « Vous pouvez enlever votre déguisement,

jeune homme, tout est arrangé, vous épousez Léonie, son père est d'accord. »

– « C'est vrai ? »

Max opinait.

Pointeau repartait en courant et Adrienne se jetait sur son mari.

– « Embrassez votre épouse retrouvée, Monsieur l'Ambassadeur. »

– « Avec joie, mon aimée. »

Paulard enlaçait Adrienne. Max posait un regard sombre sur Sylvain.

– « Tout le monde s'embrasse, c'est désespérant. »

Sylvain avait retrouvé une tenue décente.

– « Si Monsieur le permet et en éprouve le désir, je suis à la disposition de Monsieur. »

Gémissement de Max qui écarte les bras.

– « Au point où nous en sommes... »

Les deux hommes se donnent l'accolade. Le rideau tombe.

Élisa applaudit avec les autres. Ovation répétée. En rang d'oignons, les acteurs saluent à l'avant-scène. Elle discerne mieux les maquillages accentués, la sueur à la racine des cheveux. Les rappels sont nombreux, nous formons un excellent public. Lorsque la salle s'éclaire, Sylvain la cherche des yeux. Elle applaudit plus fort.

– Fais-lui signe !

Élisa n'écoute pas Henriette. D'ailleurs, il l'a repérée, il s'incline plus longuement, est le dernier à regagner le fond du décor pour revenir une fois encore à l'avant avec les autres pour une nouvelle révérence.

– Ça y est, chuchote Henriette, il t'a vue.

Oui, il m'a vue. Je n'aurais jamais dû essayer les bigoudis... frisée comme une salade.

Le rideau se baisse définitivement. Voilà, c'est fini. Peut-être est-ce que ça commence... Devant elle, Mme Subieras s'enveloppe dans ses châles. Elle en a trois l'hiver, deux au printemps et en automne, un l'été. C'est au nombre des châles de Mme Subieras que l'on sait, à Bligny, en quelle saison on se trouve. Pourquoi est-ce que je cherche à penser à autre chose ?...

Dehors, les surveillantes tentaient d'accélérer le mouvement, dans une demi-heure tous les malades devaient avoir réintégré les chambres. Avec les autres, Élisa, Henriette pendue à son bras, s'engagea dans l'allée. Des bribes de conversation lui parvinrent.

– ... ils jouaient tous très bien...

Elle se retourna. C'était Hélène Bouvier. La voix était enrouée, les sécrétions infectieuses avaient causé une ulcération laryngée, il lui était recommandé de ne pas parler. Élisa lui sourit et décida de lui rendre visite plus souvent dans sa chambre du premier étage.

Dans sa loge, Sylvain plongea la main dans le démaquillant et se tartina le visage.

Pas de fleurs à lui offrir, ça faisait vraiment con, des fleurs, et en plus, elle ne les verrait pas dans la nuit. Si je suis sincère avec moi-même, je dois reconnaître que j'ai la trouille. Pas de quoi s'étonner, je dois être né à une époque où les adolescents rêvaient à leur cousine parce qu'ils avaient peur des femmes. Le problème s'est compliqué pour moi du fait que je n'avais pas de cousine. J'en ai imaginé quelques-unes... en fait, elles représentaient des créatures déjà apprivoisées, une cousine, c'est tout de même la famille, donc il y avait moins à craindre qu'avec une étrangère. Craindre quoi d'ailleurs ? On ne tremble que devant l'inconnu. C'est exactement ce qu'elles étaient. Ma connaissance du beau sexe s'est limitée longtemps à ma mère, à madame Bovary et à la *Vénus de Milo*. Quelques tableaux aussi, comme si les dames ne se déshabillaient que dans les musées. Difficile dans ces conditions d'être un séducteur. Pourtant, j'en ai connu plusieurs, j'y suis allé bravement, et je me suis fait vider chaque fois. Pourquoi ne nous apprend-on pas comment s'y prendre ? Il devrait y avoir des cours dans les écoles plutôt que d'ânonner Marignan, Roncevaux, l'acide chlorhydrique et le mont Gerbier-de-Jonc, ce serait tout de même plus utile... Ça viendra peut-être un jour. Pas besoin d'avoir fait le Front populaire si les choses n'avancent pas.

Élisa me fait peur et, en même temps, je n'ai jamais été aussi rassuré, aussi sûr de moi. Qu'est-ce qui va se passer ? Est-ce que l'heure qui va venir existe déjà, tout écrite, toute tracée, toute finie, comme s'il ne restait plus qu'à la vivre comme un enfant suit sur son cahier un contour tout tracé ? Ou bien est-ce qu'il n'y a rien devant moi, que le vide que nous allons emplir, l'un et l'autre, seconde après seconde, avec chacun de nos mots, de nos gestes et de nos regards ? S'il y a des mots, des gestes et des regards, parce que je vais peut-être rester sans voix, statufié, paralysé, ridicule...

Un coup de peigne, la cravate à système, et le tour est joué.

Sylvain Kaplan s'approcha du miroir et se contempla.

– Souhaite-moi bonne chance.

– Bonne chance.

– Merci.

– Ya pas de quoi.

– Toi également.

– Je ferai pour le mieux.

– Je l'espère.

– Bonne route.

– A bientôt.

Il sortit dans le couloir étroit et se heurta à Pointeau qui allumait un ninas.

– Il me reste un fond de cognac dans la chambre.

– Pas ce soir.

Il n'entendit pas la remarque de son partenaire et poussa la porte en fer par où sortaient les artistes. Il avait souvent rêvé à ce moment : il apparaissait, et une meute brandissait ses photos pour les autographes. Des flashes d'appareils, des journalistes stylos vibrants. La fraîcheur silencieuse du parc le frappa.

Comment une telle absence de son était-elle possible ? Le froissement du paquet de cigarettes entre ses doigts lui parut déclencher un orchestre, la nuit est une chambre d'écho.

Un clair de lune dans les allées, une lumière comme lorsque, au théâtre, on monte le bleu des projecteurs.

Il laissa ses poumons s'emplir de fumée. Suis-je donc si peu courageux pour autant fumer ? J'ai le pressentiment que ces minutes compteront, je ne sais pas pourquoi, je reverrai souvent ce décor : avril 1937, le parc de Bligny après *Presto Subito*... voici l'endroit où je voyagerai en mémoire, tentant de retrouver ce silence, cette odeur d'herbe et la clarté de cette lune invisible, derrière le feuillage. C'est le présent, c'est à moi que cela arrive, je suis le maître de cette douceur qui m'est venue et qui me fait trembler les mains.

Récite-toi *Le Loup et l'Agneau* comme pendant l'enfance lorsque l'énervement montait avec l'heure approchante de l'école.

Le sentier tournait. « Rendez-vous au kiosque », ce devait être sur la gauche, tout proche. Il serait le premier. C'était mieux ainsi, il la verrait venir.

Les colonnes torsadées et le toit en pagode sortirent de la nuit, les ombres pâles multipliaient les enchevêtrements. Il monta les marches de pierre, l'endroit rêvé pour un orphéon : des musiciens en uniforme y soufflaient dans des cuivres, jouant des valses viennoises et des marches guillerettes. Le silence est encore plus profond dans les endroits faits pour cymbales et tambours. Paris est trop loin pour bruire, les villages dorment depuis bien longtemps, seul le vent pourrait interrompre cette absence sonore.

Sur l'épaule, il sentit l'humidité du pilier contre lequel il s'appuyait. Il s'écarta et, dans le mouvement, il la vit.

Elle se tenait au centre du petit édifice et il devina son sourire dans la nuit.

Il fit deux pas et sentit les boucles s'écraser sur sa poitrine. Je ne la lâcherai plus à présent, jamais.

– Ne soyez pas idiot, chuchota-t-elle, un de mes baisers équivaut au transfert, en direct dans vos bronches, d'un bon milliard de bacilles, tous plus frétillants les uns que les autres.

Il s'écarta légèrement, cherchant à distinguer son visage dans l'ombre.

– Pas plus contagieux que le contact buccal, poursuivit-elle, tous les bouquins vous l'apprendront, et je peux vous dire que j'en ai lu une quantité impressionnante. Un médecin anglais a calculé que le risque de contamination était à peu près nul si l'intervalle séparant le malade d'un non-malade était égal ou supérieur à cinq mètres.

Sylvain ne desserra pas son étreinte.

– J'envisage très sérieusement un transfert massif de bacilles.

– Vous êtes cinglé.

– On fait un échange, vous me refilez les mauvais, je vous en passe d'excellents, frais et vivaces. Comme ils sont plus costauds que les vôtres, ils vont les réduire en bouillie. C'est un remède bien connu, je m'étonne que votre médecin anglais n'en parle pas. Ça s'appelle : embrasse-moi que je te guérisse.

– Je n'ai pas le droit.

Il affirma sa prise. Pas question de la voir disparaître.

– Allons-y, dit-il, c'est la première séance.

Il pensa à l'étang tout proche, c'était frais et lumineux, une pièce d'eau sous les étoiles offertes dans la douce nuit printanière. La manche de laine qui encerclait sa nuque avait glissé et il sentit la caresse de son bras contre sa joue.

Une valse montait, celle que le kiosque avait gardée dans sa mémoire de pierre, elle tournoyait, lente, elle irait s'accélérant, chevaux de bois, manège, bal impromptu d'un couple unique ondoyant sous le couvert des arbres, flonflons d'un orchestre disparu et renaissant.

Je ne pourrai plus vivre sans cela, sans cette chanson qui me vient de toi dans l'ombre qui vacille.

Ils se détachèrent. Elle prit conscience de son tremblement. Elle eut l'impression d'être à l'intérieur d'un roman, mais en plus vigoureux. Délicieux frrrémissement, pensa-t-elle...

Il tenta de retrouver sa respiration et ahana :

– Ç'aurait vraiment été dommage de s'en priver, non ?

Elle se mit à rire. Un tintement, petite cuillère sur le cristal d'une flûte dont on a bu tout le champagne.

– Promenade, dit-elle. Je dois tenter de remettre mes idées à l'intérieur de mon crâne, et pour ça j'ai besoin de marcher.

– Allons-y, dit-il, j'espère que quelqu'un écrira

un jour sur nous : « ... et après avoir vécu ensemble de longues années, ils passèrent les derniers jours de leur longue vie à se remémorer les instants de leur premier rendez-vous, ils étaient bien vieux mais se souvenaient encore qu'après avoir échangé un baiser passionné, ils s'enfoncèrent sous les arbres de l'hôpital de Bligny... »

Elle fourra son bras sous le sien et ils sortirent du pavillon à musique.

– « La lune était claire et l'été proche, enchaîna-t-elle en récitatif, ils parlèrent du présent et de l'avenir, et elle crut que ses pieds ne toucheraient plus jamais l'herbe du grand parc. »

Ils s'éloignent.

Ces temps ne sont pas aussi heureux qu'ils le paraîtront plus tard ; les hommes qui entament le deuxième tiers du vingtième siècle croient au progrès, mais ils ne savent pas dans quel futur celui-ci les entraîne... les cols durs se font rares et les guêtres ont disparu, avec les guêpières et certains corsets... A quelques kilomètres du sanatorium, la capitale s'engorge lentement de voitures... Le monde est encore noir : noir des manteaux, des chapeaux, des costumes, des carrosseries, des derniers chevaux des derniers fiacres. Il y a énormément de concierges, elles vieillissent, toujours vivaces, dans des loges étroites et encombrées ; lorsque leur porte s'entrebâille, il se dégage une odeur de chou et de pantoufles poussiéreuses...

Les murs des anciens quartiers sont tristes. L'Espagne se bat. Aux actualités cinématographiques, les spectateurs ont l'impression que toute l'Allemagne s'est donné rendez-vous sur la grand-place de Nuremberg et qu'elle salue d'une seule voix son chancelier. L'enthousiaste synchronisme des mains tendues laisse perplexe, un peuple s'entraîne-t-il pour parvenir à une telle uniformisation ? Cela tient de la parade de foire et de la comédie musicale... Fred Astaire triomphe sur les Champs-Élysées, Mistinguett sur les grands boulevards. L'opérette est à la mode, Marseille aussi, on pense que ses habitants s'habillent en blanc, jouent aux boules, sont un peu gangsters, et roucoulent des chansons ensoleillées avec la voix d'Allibert. Hitler et Vincent Scotto, Édouard Daladier et Joséphine Baker, qui s'y retrouverait ?... Le fakir birman prévoit l'avenir et connaît le numéro gagnant du sweepstake, Gramsci meurt tandis que le duc et la duchesse de Windsor promènent leur ennui souriant à Düsseldorf : tweed, distinction et croix gammée. Le cardinal Verdier est pour les nationalistes espagnols. Vietto peut-il gagner le tour de France ? Le service de météorologie, qui se trompe si souvent, prévoit que l'été sera beau, il est donc agréable de le croire. Mussolini tente d'apparaître comme un défenseur de l'Islam : beaucoup de caricatures de lui à la une de *Paris-Soir*, de *L'Œuvre* et du *Figaro*.

Les pions sont disposés ; même s'ils ne s'en soucient pas pour l'instant, Élisa et Sylvain font partie du jeu, ils ont leur place sur l'échiquier. Il y a peu de jours qu'ils se sont rencontrés. Le siècle est en eux, charriant ses angoisses, ses terreurs. Pour l'instant, sous l'éclat des étoiles d'avril, ils se sont écartés, autant que faire se peut, du fleuve lourd de l'Histoire, ils se tiennent en équilibre sur sa berge et sentent leurs cœurs se gonfler comme si, soudain, insupportablement, le ciel de la nuit s'emplissait de trop de printemps.

1938

Lettre d'Élisa à Sylvain

Mon cher comte,

Ainsi donc, je n'ai pas plus tôt tourné les talons que Monsieur donne dans l'aristocratie. Du coup, j'ai pris *Cyrano de Bergerac* à la bibliothèque pour me rafraîchir la mémoire. Je l'avais lu au lycée et j'en avais gardé l'idée que c'était une pièce qui devait ravir les garçons et ennuyer les filles. Je n'ai pas complètement changé d'avis. Quant au personnage que tu vas incarner avec, je n'en doute pas, un immense talent, je le trouve l'un des plus intéressants de l'œuvre car c'est l'un des rares qui évoluent. Crétin prétentieux au premier acte dans l'hôtel de Bourgogne, il devient courageux et vaguement humain pendant le siège d'Arras pour finir, bien que couvert d'honneurs et de titres, absolument attendrissant, vieillard, au cinquième et dernier. Voilà qui t'éloigne fort des valets et de *Presto Subito* !

En fait, après lecture, je me disais que l'on se souvient toujours des amours manquées de Cyrano et de Roxane, mais l'on oublie que pendant vingt-cinq ans, de Guiche a été aussi fidèlement amoureux d'elle, et que son histoire est aussi celle d'une passion qui durera une vie. Je suppose que tu vas faire sentir les mille subtilités du personnage avec ce brio que tu as su conférer au rôle si délicat et si alambiqué d'Adhémar le majordome dans la pièce à laquelle j'ai eu l'honneur d'assister, voilà déjà, oh ! comme le temps ne passe pas ! neuf mois. Une gestation.

En tout cas l'association de la troupe Verdier avec la compagnie Cotemart me paraît être une excellente chose, pour toi tout du moins, puisque cela permet de monter des pièces financièrement plus lourdes, mais de quoi je me mêle... pardon de pérorer sur ce qui ne me regarde pas, embrasse-moi et parlons d'autre chose.

Et d'abord, quand viens-tu ? Cela va faire un mois dans deux jours que tu t'es enfui et que je t'ai vu franchir les grilles du parc. Moi qui m'étais juré de n'attendre jamais personne, je suis servie, je surprends parfois mon reflet dans la vitre de ma fenêtre, je fixe l'horizon avec le long visage défait des épouses délaissées, mâtiné de fiancées chlorotiques... c'est épouvantable ! Je suis ce que j'ai toujours refusé d'être, et le plus étonnant est que j'en suis ravie. Voici sans doute un bel exemple de ce que les romans de la collection Arthème Fayard appellent « le miracle de l'Amour ».

Il fait froid. Il a neigé cette nuit et rien n'est plus noir qu'un corbeau sur la blancheur farineuse des pelouses. Ce froussard d'Andoulard ne veut pas que nous sortions, ce serait trop brutal pour nos poumons patraques.

Ne t'inquiète pas pour moi de ce côté-là, tu sais parfaitement comme le monde intérieur qui est le nôtre est lent à cicatriser, mes résultats sont stabilisés, le taux des B.K. est faible et stagne, et puis, dis-toi bien que je suis un roc, une forteresse, et que rien ne parviendra jamais à m'abattre, à part toi, bien sûr, grand tombeur de femmes éplorées et hoquetantes de désir. Pour en finir avec l'aspect santé de cette lettre, je suis inquiète pour Henriette, sa feuille de température ressemble aux montagnes russes et elle donne l'impression parfois de n'avoir plus envie de se battre, une thoracoplastie est envisagée. Édouard se fait plus rare aussi, les joyeuses parties derrière les châtaigniers dominicaux se sont espacées. Elle me parle de toi parfois : « Il t'écrit, l'acteur ? » L'acteur m'écrit.

Grrrrande représentation avant-hier soir au théâtre des chaises longues. En première partie, devine qui ?

Moi !

Enfin, pas moi seule, moi dans la chorale. Nous avons répété dur mais ce fut sublime, nos douces voix se sont envolées vers les cintres, quasi séraphiquement, malgré les quelques habituels canards de Félicienne Rondeau, dite le rossignol d'Évry-Petitbourg, ville dont elle est originaire. J'ai aimé me retrouver sur ces planches – même disjointes – que tu as foulées avec tant de dynamisme. Après notre très appréciée prestation, nous avons eu droit à un film. Il paraît qu'il fut un moment question de programmer *Le Roman de Marguerite Gautier*, ce que j'espérais secrètement, étant depuis toujours amoureuse de Robert Taylor, mais je suppose que notre directeur a finalement, en fin psychologue, pensé que l'agonie, sans doute fort longue, d'une phtisique, fût-elle Greta Garbo, n'était pas propre à relever le moral des pensionnaires d'un sanatorium... Bref, ce fut *Pépé le Moko*. Magnifique, mais à vous dégoûter à tout jamais de l'Afrique du Nord. Mireille Balin est un concentré de femme fatale. Comme j'aimerais faire ainsi souffrir les hommes !

Je ne peux pas terminer le compte rendu de la vie à Bligny sans t'informer que j'ai reçu avant-hier un paquet d'épingles West-Electric. Cinq francs les six, une véritable affaire si l'on sait que cette merveille d'épingle est magnétique, qu'elle ne peut (je recopie en partie le mode d'emploi accompagnant l'envoi) ni brûler, ni couper, ni casser, ni accrocher le cheveu. Que fait-elle alors, me diras-tu ? Eh bien, c'est tout simple, elle l'ondule.

Et pourquoi l'ondule-t-elle ? Parce qu'elle est faite d'acier électrifié, nickelé, poli et lisse comme du satin. La durée est évidemment indéfinie, cette aiguille est immortelle. J'ai fait un essai, et c'est très réussi : je ressemble à Harpo Marx.

Je cesse de bavarder sinon tu n'auras cette lettre qu'au milieu de la semaine prochaine. Je suppose que j'aurai la tienne demain. Je vais donner celle-ci au facteur avant midi si je veux qu'elle parte.

Je t'embrasse, Sylvain, follement, ces jours sont si longs, tu es la seule personne avec laquelle je signerais quand même pour que l'hiver ne se termine pas, si je pouvais le passer avec toi... Je suis la princesse du coin du radiateur... Reviens avant que je ne meure d'ennui. Je t'embrasse encore et ne t'inquiète ni pour toi ni pour moi : tu vas faire un triomphe et je vais bien.

De quoi se plaindrait-on ? Des baisers encore, plein l'enveloppe.

Élisa

L'année 1938 s'achève.

Élisa et Sylvain ont échangé quatre-vingt-seize lettres. Il en a écrit cinquante et une, elle quarante-cinq. La différence s'explique par le fait qu'elle a été malade en mai et que la Faculté lui a recommandé de n'effectuer aucun effort... et puis, elle n'avait pas de courage, même pas celui de prendre son stylographe pour lui donner des nouvelles de sa plèvre.

Pour lui, l'année a été professionnellement bénéfique. Il a joué pendant sept mois *Cyrano de Bergerac*, le rôle de De Guiche, il a enchaîné avec Giraudoux, une tournée fatigante dans le Massif central. Dès qu'il a eu trois jours libres d'affilée, il a sauté dans des trains de nuit et s'est rendu à Bligny. En août, juste avant de partir, il lui a proposé de l'épouser, lui expliquant qu'ils menaient une vie idiote. Elle a accepté : dès qu'elle serait guérie, elle serait sa femme. Il a râlé et a déclaré qu'il l'aimait, même en mauvaise santé. Ils se sont disputés. C'était la première fois.

Malheureux comme les pierres, il est passé à Charenton où Marina Kaplan lui a tendu une lettre, elle provenait d'un de ses copains du Conservatoire qui avait abandonné le devant de la scène pour le verso de la caméra : il était assistant chez Carné. Il lui proposait une silhouette pour un prochain film, dans lequel joueraient sans doute Jouvet et Arletty.

Ça s'appellerait *Hôtel du Nord*, et il aurait deux scènes dont une où il devrait danser dans un bal de 14 Juillet, au bord du canal Saint-Martin, peu de chose en somme, mais s'il avait le pied à l'étrier, on ne savait jamais, il suffisait parfois de se faire remarquer et les choses pouvaient aller vite... c'était, qui sait, sa chance... Il accepta.

Le nombre de prises se multipliant, il piétinait d'impatience. Il n'aima pas l'ambiance militaire qui régnait dans le studio. Il était malheureux. Il faillit avoir une aventure avec une figurante, mais, chaque fois qu'il se trouvait devant elle, le visage d'Élisa lui apparaissait en surimpression (il commençait à maîtriser le vocabulaire cinématographique). La jeune femme ne comprit jamais pourquoi Sylvain Kaplan se rendit un soir au rendez-vous qu'il lui avait fixé pour lui annoncer qu'il n'y viendrait pas. Elle conclut à un début de dépression nerveuse chez le jeune homme ; elle ne se trompait qu'à moitié.

Le dimanche suivant, il prit le train habituel pour se rendre au sana avec une idée fixe : s'il ne couchait pas avec Élisa dans les heures qui suivaient, soit il explosait comme un obus de la guerre de 14 découvert dans une ancienne tranchée du plateau de Craonne, soit il se pendait à la grille du parc, soit il mettait le feu au bâtiment, se noyait dans l'étang, ou n'importe quelle solution envisageable, pourvu qu'elle fût dramatique et définitive.

Il la retrouva sur le banc habituel, elle se leva d'un bond à son approche.

– Je me suis arrangée avec Henriette, dit-elle, suis-moi, et pas d'affolement.

Facile à dire.

Tandis qu'Henriette détournait l'attention de la surveillante de service, Élisa entraînait à bride abattue le jeune homme dans sa chambre et se jetait dans ses bras avec violence. Il la bascula impétueusement sur le lit comme il l'avait vu faire dans un film avec Viviane Romance, dont il avait oublié le titre, et ce fut l'un des plus beaux cas d'éjaculation précoce de l'histoire, encore bien vacillante, de la sexologie. Ils eurent heureusement deux heures devant eux.

Munich évite la guerre, peut-être pour peu de temps, mais les démocraties pensent que c'est toujours ça de gagné. Chamberlain prit l'avion pour la première fois de sa vie, pas pour rien. L'accord fut signé.

Les théâtres, cinémas, expositions, musées, salles de concerts, bains publics, terrains de sport, sont interdits aux juifs berlinois sous peine d'une amende de cent cinquante marks et de prison, ils ne peuvent pas non plus marcher sur le trottoir qui donne accès au monument aux morts de la précédente guerre.

Une seule marque pour vos chaussettes : D.D. Maison fondée en 1919.

Franco gagne sur tous les points, l'Espagne n'est plus républicaine.

La Vieille Cure fait les délices de tous les fins gourmets, et Caron propose une gamme de poudres qui obtiennent un immense succès... on peut citer « Plein Soleil », « Peau ambrée », « Étrange », « Mystérieux », « Corail pur » et « Jeunesse ». Il y en a bien d'autres.

1939

Lettre de Sylvain à Élisa

Mon amour,

La terre tremble, non ?
Elle a tellement tremblé avant-hier qu'elle continue aujourd'hui. J'ai du mal à me retrouver dans le monde des humains. Je ne pense plus qu'au dimanche à venir, quatre jours, et en avant pour un nouvel épisode des *Amants déchaînés*.
Je n'arrive pas plus à écrire ce que je ne parviens pas à te dire qu'à te dire ce que je pense. Je plaisante, je fais des pirouettes, mais ça finit par m'énerver de ne pas pouvoir traduire en mots ce qui se passe en moi, lorsque je me retrouve avec toi, sous les draps râpeux de ce bon, de ce merveilleux, de ce très magnifique et accueillant et enchanteur sanatorium de Bligny... Ne m'en veut pas des clowneries, elles n'ont lieu que pour mas-

quer un trop-plein de cœur, c'est pour éviter de déborder, de t'étouffer, de te noyer de larmes, de te..., bon, allez, maîtrisons-nous, retrouvons notre dignité, boutonnons nos gants, cirons nos richelieus et remontons nos pantalons.

Soirée fraîche ce soir. Feydeau est toujours Feydeau, mais le public ne digère pas le pacte germano-soviétique. Du monde toujours dans la salle, mais du monde préoccupé. Même en appuyant les effets, l'impression est nette de se heurter à un mur de souci... La menace est palpable, je la sens dans l'impossibilité de percer cette brume qui monte des fauteuils à chaque représentation.

J'ai rencontré Debucourt sous les arcades du Palais-Royal, son sentiment est le même, il m'a raconté qu'il avait donné Marivaux en matinée et que l'idée lui était venue, au beau milieu du deuxième acte, de sortir quelques vers de Corneille, pour voir si les spectateurs s'en apercevraient. Il est persuadé que non, tant les gens n'écoutent pas. Ils sont ailleurs. Mon esprit mercantile m'entraîne à dire que l'essentiel est tout de même qu'ils soient physiquement présents, ce qui, au moins, remplit les caisses... Curieux d'ailleurs que les salles ne désemplissent pas, comme si quelque chose allait éclater dans peu de temps et qu'il faille profiter des dernières minutes, des secondes ultimes avant... avant quoi ? Difficile à dire mais vite, monsieur le bourreau, encore un peu de théâtre, une dernière coupe de champagne, un ultime french cancan. Un peu d'étourdissement avant l'apocalypse.

J'ai dîné avec ma mère hier soir. Comme elle a l'impression que je maigris à force de me nourrir exclusivement de sandwiches jambon-beurre, ce qui est d'ailleurs à peu près exact, elle a tenté de pallier cette carence et de tout me faire rattraper en un repas. En fait, je crois que son rêve serait de me peser avant, puis après le repas, et de constater que j'ai pris trois kilos entre-temps... Elle a dû y parvenir cette fois à l'aide d'un plat d'origine slave dont la recette m'échappe, mais qu'elle a sans doute confectionné avec des lentilles au lard prises dans du ciment armé. Elle aime les nourritures qui tiennent au corps. Je comprends parfois la fuite paternelle.

Je l'ai sentie préoccupée, elle aussi, le vent qui vient d'au-delà des frontières lui rappelle des tempêtes pas si lointaines. Son père a fui avec la famille la campagne roumaine, après avoir encaissé quelques solides coups de fléau à battre le blé, et elle a des souvenirs de trains bondés à travers l'est de l'Europe qui ne sont pas très souriants. Elle a conservé au grenier une valise à soufflet dont le cuir a beaucoup souffert et ne voudrait pas être obligée de la remplir à nouveau. Je la comprends. Elle s'est un peu perdue dans les anecdotes et généalogies emmêlées des Kaplan, d'autant qu'elle avait débouché un bourgogne rouge un peu épais en mon honneur. En fait, elle a décidé de boire sa cave avant que la guerre n'éclate, ce serait trop bête de perdre tout ça... je suis d'accord avec elle. On est juif ou on ne l'est pas.

Je retournerai la voir dans la semaine, mais comme c'est loin, les bords de Marne... Fortune faite, j'achète une voiture, je sillonnerai avec toi les routes de notre beau pays, et nous ferons des détours infinis pour éviter les sanatoriums dont nous n'aurons plus que faire.

Encore une proposition cinéma, de Grémillon, il n'y a plus Jouvet mais il y a Gabin, difficile d'y échapper, c'est l'un ou l'autre. Il s'agit d'un film breton, un mélo avec casquettes de marins et Michèle Morgan sur fond de falaises. Prévert est dialoguiste. Mon rôle serait plus important que dans *Hôtel du Nord*, je vais refuser, je ne me sens pas actuellement d'atomes très crochus avec le cinéma.

Les heures sont longues, Élisa, j'ai eu ta lettre ce matin. Comme les heures s'étirent... Plus tard, nous nous étonnerons, je le suppose, d'avoir vécu aussi étrangement cette période de nos vies. Pas besoin d'être fin politique pour se rendre compte que le monde va sauter, c'est une question de secondes, la mèche est allumée, pourtant tu ne peux savoir à quel point je m'en fous... Rien ne compte que toi, que ces dimanches trop rapides, ton parfum, ta bouche, ton corps, notre folie. Stop. Censuré.

Tu vas guérir, Élisa, tu vas guérir parce qu'il ne peut en être autrement, je me débrouillerai toujours pour gagner notre vie, j'accepte même d'écarter tout rêve de gloire pour aller faire le guignol des mois durant dans les studios de Joinville ou d'ailleurs, à refaire dix mille fois la même scène pourvu que je te retrouve chaque soir de chaque jour de ma vie...

Il faut que je me dépêche, pardon pour l'écriture, pourquoi les mots ne s'enflent-ils pas lorsqu'ils sont pleins d'amour ? Tant mieux, car ils ne tiendraient pas sur cette feuille, ils submergeraient la ville, ils déborderaient des toits, fileraient jusqu'à la mer, gagneraient les continents, et tu serais obligée de payer une surtaxe.

Embrasse Henriette et viens plus près tandis que la nuit tombe, que les lampadaires s'allument et que vont s'ouvrir les théâtres.

Qui mieux que toi pourrait emplir ma vie ? Je t'envoie un tombereau de fleurs ouvertes, je les ai cueillies sur l'arbre aux baisers.

Dimanche.

Sylvain

Marina Kaplan sortait de la boulangerie Joanot lorsqu'elle apprit la nouvelle par un cycliste. Pour des raisons obscures, elle ne se souvint jamais de son visage mais se rappela très précisément ses chaussettes à losanges, très apparentes sous le pantalon de golf. Il ne ralentit même pas lorsqu'il passa devant elle et jeta deux mots comme l'on se débarrasse d'un colis encombrant.

– Mobilisation générale !

Marina eut envie de rentrer très vite chez elle. Cela ne servait à rien mais il en était ainsi. Elle voulut retrouver la toile cirée de la cuisine, le porte-parapluie en bakélite, les fraises stylisées de la tapisserie du salon, et la photo de Sylvain sur le dressoir à côté du cadre de coquillages contenant la photo d'un coucher de soleil dans l'île de Noirmoutier. Elle avait besoin de cet univers autour d'elle, c'était le sien, il était ancien, durable, il la protégerait.

Elle pressa le pas, traversa la place Jean-Jaurès et prit le chemin de halage. Quelques pavillons avaient encore leurs volets fermés. Il était tôt.

Voilà, ça y était. La guerre.

Celle-là, il y aurait intérêt à la gagner rapidement. Dans le cas contraire, si l'Europe devenait nazie, il faudrait se choisir un autre continent. Pour des raisons difficiles à cerner, l'Afrique ne la tentait pas, l'Asie guère plus, et l'Océanie était un éparpillement de cailloux dans une eau trop chaude. Restait l'Amérique.

Ce serait la prochaine étape.

Elle y avait des cousines, elle s'y ferait. Elle se perdrait bien un peu dans les rues new-yorkaises les premiers temps et regretterait les bords de Marne, mais quand on appartient à un peuple errant, il faut savoir faire ses bagages. Sylvain jouerait là-bas, ce ne devait pas être les théâtres qui manquaient. Il était jeune, il apprendrait la langue. Elle devait avoir quelque part l'adresse de Rachel. C'était dans une rue numérotée : méthode américaine.

Le temps fraîchissait, les arbres en bordure de berges sentaient l'automne. Une perle de rouille diffusait dans chaque feuille comme un peu de sang dans la sève..., c'est septembre à peine pourtant... Ne pleure pas, Marina, ne pleure pas, il n'y a pas de raison.

Elle s'arrêta et, comme à chaque fois, elle rompit le pain et fit craquer la croûte blonde sous ses dents, mais ce matin, elle ne lui trouva pas la saveur coutumière.

Une poule d'eau traversa la rivière. Ces volatiles faisaient leurs nids sous la berge et, tout à coup, l'un d'eux s'élançait, égratignant la surface liquide. Lorsque Sylvain était enfant, elle lui avait expliqué qu'elles se rendaient visite : « Bonjour madame la poule, comment allez-vous, ce matin ? – Très bien voisine, et vous-même ? »

Elle regarda le sillage dont les bords s'élargissaient et respira l'odeur forte des eaux lentes. Il y avait toujours un peu de brume à l'horizon, même durant les mois d'été. Le canal commençait, rectiligne et bordé d'arbres bruissants dont elle ne se rappelait jamais le nom. Sylvain et son tricycle... elle voyait sa petite silhouette pédalant à toute allure sur ce sentier entre les herbes, si droit, si interminable, qu'elle lui avait expliqué un jour qu'il aboutissait au bout du monde, que c'était le pôle Nord, là-bas, tout au bout, et que s'il allait trop loin, les loups et les glaces l'entoureraient bientôt.

Il n'ira pas se battre. Pas question. Je l'en empêcherai. On ne prend pas leurs enfants aux gens comme cela, ça n'existe pas...

Elle attaqua l'autre bout de la baguette, rageusement.

Il y avait une barque en contrebas, à quelques mètres à peine. Elle s'était mise à osciller, imperceptiblement, le clapotis s'accentuait. La chaîne se tendit et, avec une tendresse d'amant, le plat-bord embrassa la verdure mouillée de la rive. La rivière lui sembla parcourue d'une force intérieure ; sous le calme de la surface, des courants profonds naissaient : quelque chose allait se produire. Elle se retourna et vit au coude du méandre paraître la proue noire de la péniche. Elle avait toujours eu l'impression que l'eau se creusait devant l'étrave... comment une masse aussi gigantesque pouvait-elle être aussi silencieuse ? Les flancs charbonneux glissaient, interminables, elle crut un instant qu'elle n'en verrait jamais la fin, la bête avait pris au large et, avec une lenteur têtue, se tourna vers elle. Marina Kaplan la regarda venir. C'était un monstre aquatique, trouant de sa masse l'eau verte et lisse de cette fin d'été. Rien ne pourrait l'arrêter jamais, il était inexorable et indestructible.

Parfois on voyait le batelier à la barre, une femme étendait du linge sur le pont ou puisait de l'eau dans un seau au bout d'une corde, mais cette fois, elle ne distingua personne et elle eut l'impression que la péniche se mouvait seule, qu'elle ne cesserait jamais d'avancer, broyant les paysages sous sa puissance de cauchemar. Marina plaqua ses omoplates contre le tronc du saule sur lequel elle s'appuyait et, comme une enfant apeurée, elle regarda passer le chaland de deuil, mortel et invincible. Quelque chose se passerait bientôt qui briserait le monde... Déjà la masse sombre s'éloignait, soulevant une écume dont les reflets de métal éteint longèrent le dessin de la rivière, dans une caresse destructrice.

Désormais, Marina Kaplan saura donner un visage au malheur. Lorsqu'il surgira, lorsque les portes se refermeront sur elle, elle verra apparaître dans la lumière tiède d'un matin de septembre l'avant d'une péniche sombre éventrant sur son passage la peau sereine d'un fleuve immobile.

Lettre d'Élisa à Sylvain

10 septembre 1939

Mon beau soldat,

Je ne doute pas que l'uniforme t'avantage. As-tu des bandes molletières ? Cela n'existe peut-être plus, je dois confondre avec 14-18. Deux fois que je refais ma lettre à cause des larmes, je commence à écrire, et plaf, le déluge sous lequel les phrases se délayent... Cette fois, je tiens bon, le porte-plume dans la main droite, le mouchoir roulé en boule dans la gauche, je dois pouvoir finir avant de me transformer en fontaine. Je me sens presque satisfaite de cet épanchement de chagrin, j'ai l'impression de partager le même sort qu'un bon million de jeunes épouses, fiancées, maîtresses amoureuses qui voient partir leur vaillant guerrier et homme de leur vie. J'en ai oublié la tuberculose : au fond, il suffit que le monde soit en guerre pour que mister Koch soit relégué au second plan.
Il faut que tu me dises où je peux t'envoyer des colis, cela se fait d'envoyer des colis aux soldats, je l'ai toujours entendu dire : que ce soit durant la

dernière, celle de 70, à Solferino, pendant la campagne de Russie, à Marignan 1515 ou à Bouvines 1214, tous les combattants reçoivent des colis. C'est une question de moral, et puis, un bon pot de rillettes n'a jamais fait de mal à personne. Tu n'aimerais pas un pot de rillettes ? Ou un saucisson ? Tu adores le saucisson. Je peux aussi te tricoter des chaussettes, ou un cache-nez, ou des gants, ou te broder des mouchoirs avec tes initiales et des cœurs tout autour... J'ai pensé à un pull-over mais j'ai reculé parce que c'est très long à faire, et que je ne suis pas une grande spécialiste des diminutions, et puis surtout parce que pull-over signifie hiver et qu'il faut espérer que la guerre sera finie avant. Mme Desplantes, dont le mari est haut placé au ministère – on a du beau monde à Bligny – prétend de source sûre que Hitler est au bout du rouleau. Au stade ultime de la syphilis, il a tenté de poignarder Goering lors de la dernière réunion des membres du parti. De plus, les Allemands crèvent de faim car tous les paysans sont dans les usines. Résultat de tout cela : on mange du rat à Berlin, ce qui entraîne la démoralisation des soldats allemands qui se rendront, dès qu'ils sentiront, le long de la frontière alsacienne, la douce odeur de la blonde choucroute.

Au village, on m'a appris qu'aucun avion allemand ne pouvait décoller : pas d'hélices. Voilà une bonne nouvelle, j'espère que Gamelin est au courant, trêve de plaisanterie, je suis plus qu'inquiète, je les crois très forts, plus que nous, et ce que tu me dis de ces quelques jours de caserne n'est pas fait pour me rassurer. Cela m'a l'air plus que désorganisé...

Je n'ai jamais tant lu les journaux, c'est moi qui vais les prendre au village, je n'ai plus la patience de les attendre, et cela me fait une promenade. Je reviens avec *L'Aube, Le Petit Parisien, L'Époque* et *Le Populaire*.

Grande transformation : toutes les vitres ont été peintes en bleu, et les ouvriers d'entretien sont venus ce matin coller sur chaque fenêtre des bandes de papier en X. Ainsi, en cas de bombardement, je ne recevrai pas d'éclats sur la tête. Très décoratif.

Notre vénéré directeur a réuni le personnel et le responsable des jardiniers. Gomard Rolland est sorti auréolé d'une fraîche gloire : le voici responsable de la défense passive. Il devra désormais arborer un brassard et s'assurer qu'aucune lumière nocturne n'est susceptible d'attirer la Luftwaffe. Il a été question un temps de creuser des tranchées dans le parc, mais notre surveillante en chef a fait remarquer que l'établissement possédait des caves assez vastes pour nous abriter en cas d'alerte. Donc aménagement des caves et exercice prévu pour demain. Tous aux abris.

Le plus rigolo de tout a été hier soir, au réfectoire, une discussion sur les masques à gaz. Question :

des tuberculeux doivent-ils ou non en porter ? J'ai demandé si nous ne devrions pas, au contraire, attaquer l'armée allemande, chaises longues contre chars d'assaut, en soufflant de toutes nos bronches nos miasmes à la face de l'ennemi, mais je n'ai pas été entendue. Donc, distribution de masques prévue dans les jours à venir. Démonstration par le même Rolland Gomart, qui s'est collé l'engin sur le visage, a serré les courroies et a failli périr asphyxié parce qu'il avait oublié de desserrer une valve.

Je vais ressembler à une grosse mouche mélancolique.

On dit que la censure risque d'ouvrir les lettres, j'espère ne pas avoir, avec celle-ci, porté atteinte au moral de l'armée, et surtout pas au tien, mon fier guerrier... Écris-moi, embrasse-moi... tout cela va finir, je le sens, le monde n'est pas si fou, il arrêtera tout ce mal. Sur une photo de *L'Intransigeant*, on aperçoit des sacs de sable autour des statues de l'Opéra, on voit un bras de pierre qui dépasse, faut-il rire ou pleurer ? Rire, bien sûr, quelle question ! Je t'embrasse encore tant et plus, ne fais pas le fou, pas d'imprudence, ne cherche pas à faire tout seul prisonnier Hitler, pense à moi qui t'attends, sous l'azur de mes fenêtres à croisillons, le masque à gaz en bandoulière, au garde-à-vous, talons joints et petit doigt sur la couture de la jupe. Reviens-moi.

Élisa – femme française

Il avait tenu bon.

Marina avait voulu lui donner la valise, il lui avait expliqué que deux musettes, c'était suffisant, qu'il risquait de la perdre, qu'il serait embarrassé avec, qu'on ne fait pas la guerre avec un bagage aussi lourd, que s'il se trouvait sur le front, la veste d'intérieur qui lui venait de son oncle ne serait pas très utile, et pas question d'emporter une robe de chambre, si chaude fût-elle... Elle avait cédé et avait même accepté de ne pas venir à la gare. Qu'est-ce qu'elle aurait fait dans cette foule qui se pressait sous la verrière, dans le brouhaha des adieux, les cris d'appel, les sifflets de locomotives dont les fumées débordaient des Quais ?

A ses côtés, Frontier jouait des coudes pour rester à sa hauteur. Ils se connaissaient depuis quarante-huit heures, deux nuits à fumer des gauloises, assis sur les châlits de la caserne Mortier. Un costaud, Frontier, footballeur professionnel, ailier gauche au Red Star. Il avait grandi dans les gadoues de Saint-Ouen et avait tapé dans des balles de chiffon sur tous les terrains vagues de la zone depuis l'enfance. Lorsqu'il avait appris que Sylvain était acteur, il ne l'avait plus quitté, submergé par l'admiration.

– Et Annabella, tu la connais, Annabella ?

– Un peu.

C'était vrai, pendant le tournage d'*Hôtel du Nord*, ils avaient échangé quelques mots à la cantine du studio.

– Putain, tu connais Annabella !

Frontier était fou d'Annabella. Il en avait oublié la guerre, sa copine et le Red Star qu'il laissait sans ailier gauche.

Devant eux, entre les têtes, ils apercevaient le bras dressé du lieutenant, brandissant son calot comme signe de ralliement, mais les hommes de la compagnie avaient été séparés par la foule des civils. Des femmes en noir en majorité.

Déjà veuves, pensa Sylvain. Leurs mains pétrissaient des mouchoirs roulés ; sous la lumière tombant, verticale, des lampadaires, l'ombre des chapeaux noyait la rougeur des yeux et la perle des larmes... Une vapeur montait dans l'odeur de charbon, il gagna quelques mètres, trébucha sur des sacs, écrasa des brodequins. La courroie de toile de la musette lui sciait l'épaule et, contre sa hanche, le cylindre métallique du masque à gaz lui meurtrissait les chairs.

– Tu sais où on va ?

– Sur la Côte d'Azur.

Frontier rit, le flux le déporta sur la gauche, entraînant Sylvain. Jamais il n'arriverait jusqu'aux quais, ses pieds ne touchaient plus terre, il se trouva collé à la veste sombre d'un chasseur alpin en béret géant.

– T'oublie tes skis, dit Frontier, les Alpes, c'est par là...

– C'est le bordel, dit le chasseur. Paraît qu'ya du vin distribué dans les wagons.

Son talon commençait à lui brûler, le cuir des brodequins était épais et rude : c'était comme si son pied avait été enserré dans une prison de bois. Idiot d'arriver au front avec des ampoules, mais allaient-ils seulement au front ? En prenant place dans les camions qui traversaient Paris, il avait entendu parler de La Ferté-sous-Jouarre, puis de la ligne Maginot. C'était bien vague, elle était vague, la ligne Maginot.

– Viens par là, ça avance mieux.

Ils longèrent les guichets, progressant mètre par mètre. Ils avaient perdu leur lieutenant depuis longtemps. Il devait continuer à s'égosiller quelque part dans la mêlée générale. Sylvain commençait à ruisseler dans sa vareuse, un drap lourd comme un tombeau qui sentait la chambrée. Il pesta contre ces deux bidons inutiles qui brinquebalaient au bout de leur mousqueton, ralentissant sa marche. Il retira son calot à pointe qui lui serrait le front et eut une envie subite de pleurer. Il avait vaguement l'impression de participer à un moment historique qui disparaîtrait très vite de la mémoire des hommes. Il avait appris qu'en 1914 tous étaient partis, joyeux et déjà vainqueurs, avec, disait-on, des fleurs au bout des fusils. Bien différent aujourd'hui, pas de fleurs ni de fusils non plus d'ailleurs, ce qui est ennuyeux lorsque l'on va se battre... On disait que les usines n'en avaient pas fabriqué pour tout le monde... et puis, il n'y avait pas d'élan, que des amertumes. Dans la cour de la caserne, il avait entendu des bribes de conversations :

– Qu'est-ce que j'en ai à foutre, du couloir de Dantzig ! Je sais même pas où c'est.

– Je tiens pas à me faire descendre pour les Polonais. Des gros cons, les Polonais.

Et tout le temps, ce désordre, ces contrordres... Il n'y avait plus assez de pantalons militaires aux magasins d'habillement, certains avaient gardé leurs vêtements civils... on les équiperait sur le front. Il leva les yeux : au-dessus du tumulte, les poutrelles s'entrecroisaient, des araignées d'acier soutenues par des alignements de piliers. Il songea que c'était la première fois qu'il prenait le train à la gare de l'Est.

Il y eut une trouée dans la foule et les deux hommes s'y enfoncèrent ; ils étaient parvenus à la queue du train, l'avant disparaissait dans la nuit. Un long convoi, plus de trente wagons, et tout là-bas, au bout des rails, les écharpes de vapeur chaude et de fumée noire tartinaient le ballast d'un crachin grisâtre d'où s'échappaient des escarbilles.

Frontier se dressa sur la pointe des pieds.

– Le lieut' est par là, c'est le bon train.

Voilà, il allait partir. Tant qu'il n'avait pas quitté Paris, cela avait été supportable, mais tout serait différent à présent. La distance qui le séparait de Bligny allait s'accroître, il lui sembla qu'un long fil allait se tendre au long des kilomètres et que, lorsqu'il casserait, il en mourrait de douleur.

Les hommes montaient dans les comparti- ments, s'agglutinaient aux portières, des femmes sur les marchepieds s'accrochaient à des uni- formes... Allez, je reviendrai, je le jure, je me le jure, je veux trop la revoir, il n'y aura pas plus prudent que moi, je creuserai la tranchée la plus profonde, je fuirai avec une très grande vélocité dès le moindre danger, je ne serai jamais volon- taire pour quoi que ce soit, je choisirai, pour m'y cacher, les murs les plus épais, les abris les plus indestructibles, je chercherai avec véhémence une planque à l'arrière, n'importe où mais à l'arrière...

– Grouillez-vous, on va démarrer.

Le train était bondé, Sylvain Kaplan et Marcel Frontier n'arrivaient pas à s'approcher, les familles faisaient obstacle, des visages penchés, d'autres levés. Des hommes étaient déjà installés jusque dans les filets à bagages, leurs visages serrés les uns contre les autres dans le cadre des fenêtres.

Le cri déchirant de la locomotive couvrit tout. Frontier écarta quelques soldats et ouvrit une portière à la volée.

– Sylvain !

Il se retourna. Son cœur eut un raté, et tout se tut soudain.

Elle était là, dans le halo au centre du quai. Elle portait un chapeau incliné sur l'œil, qu'il ne lui avait jamais vu.

Elle s'approcha. Le même parfum.

– Je voulais voir si tu avais bien noué ton écharpe.

Il ne faut pas que je tremble, surtout pas.

– Comment as-tu fait ?

Elle était la seule dans cette bon Dieu de gare à ne pas pleurer. Son sourire s'accentua.

– J'ai obtenu une permission, dit-elle, un sana n'est pas une prison, et puis, les circonstances sont exceptionnelles. Ajoute à cela que je suis au mieux avec le directeur, cet excellent M. Castellain.

La lèvre inférieure vibrait imperceptiblement. Pourquoi ne puis-je me sortir de la tête qu'il ne faut pas qu'elle respire cette fumée, ce coton crasseux, humide, qu'elle ne devrait pas...

– Je vais revenir, dit-il, j'étais en train de me promettre de ne surtout pas jouer au héros.

– J'espère bien...

Il la prit contre lui. Elle avait à son manteau un col de fourrure, des gouttelettes étaient suspendues à la pointe des poils.

Sur la gauche, les essieux torturés eurent une plainte sourde, le métal frémit et les roues décrirent un quart de tour.

Frontier était parvenu à monter, il pencha le buste à l'extérieur. Le vacarme était revenu. Il hurla :

– J'ai une place pour toi !

Il la serra contre lui, elle s'agrippa aux boutons de l'uniforme.

– Tu es magnifique en militaire, je ne voulais surtout pas manquer ça, on dirait que tu vas chanter *Sambre et Meuse*.

Il vit les larmes, elles allaient couler, suivre la courbe des joues, passer le coin des lèvres. Elle souriait toujours. Il fit un pas en arrière, les roues gémirent à nouveau, soupir écrasé des boggies.

– Je vais chercher Hitler par la moustache et je te le ramène.

– Je savais que la France pouvait compter sur toi.

Deuxième pas. La corde a commencé à se tendre et c'est la douleur déjà.

Le convoi s'ébranle. Pourquoi ne lui dis-je pas que je l'aime ? Peut-être parce que c'est inutile, peut-être parce que ça n'est pas une réplique pour moi, je ne suis pas un jeune premier tragique, je ne peux jouer ni dans *Hamlet*, ni dans *Cinna*, ni dans cette guerre...

Tambour des roues, le fracas se répercute sous la verrière, rebondit d'une paroi à l'autre, gronde sous les piliers. Le train part.

Sylvain s'élance, s'accroche à la poignée de la portière, il ne lui a pas lâché la main, elle court à présent sur le quai pour rester à sa hauteur, c'est la première fois qu'il la voit avec des talons hauts. Ne pas la quitter des yeux.

– Superbes chaussures, crie-t-il.

Leurs doigts se desserrent tandis que le train prend de la vitesse, elle fait quelques pas encore, emportée par l'élan, des visages le lui masquent un instant. Elle met ses mains en porte-voix et crie :

– J'ai eu peur que tu n'aies pas remarqué...

Un bras passe devant son visage, des quarts de soldats étamés bouchent l'horizon, des odeurs de fumée et de vinasse se mêlent...

Sylvain disparaît, ce n'est déjà plus qu'une forme qui meurt au loin dans la vapeur lâchée, une silhouette qui va s'imprécisant, lancée dans les brouillards et que la nuit avale. Il était là il y a encore quelques secondes. C'est la dernière fois que je te quitte, c'est juré. Bon Dieu, comme je vais guérir, j'ai l'habitude de la guerre, moi, et je vais la gagner, tu peux en être sûr. Fais demi-tour, ma petite, et rentre bravement.

D'autres trains en partance. Elle traverse le hall d'un pas de chasseur, à travers le grouillement environnant qui se réduit lentement. Je suis immortelle, pense-t-elle, et toi aussi, parce que je le veux.

Je déteste la gare de l'Est.

1940

Lettre d'Élisa à Sylvain

3 *janvier* 1940

Mon fantassin,

A quand la prochaine perme ?

Je suis rentrée à Bligny sur un nuage, j'ai dû prendre un métro ou un autobus, je ne sais plus très bien, puis le train, sans doute un car par la suite, j'ai marché aussi, le tout dans un heureux brouillard béat.

J'avais imaginé des balades parisiennes et romantiques : bouquinistes et quais de Seine, le Louvre, ses murs dégarnis et ses absences de statues, les sacs de sable autour du palais Bourbon, le repérage des abris les plus efficaces, bref, le style deux amoureux à petits pas dans la tourmente et, au lieu de cela, direct à l'hôtel, vingt-cinq mètres au pas de course, du train à l'autre côté de la rue :

chambre 23 de La Ville de Saint-Quentin. Il n'y a pas plus près.

Cela s'appelle de la furie sexuelle, mon cher monsieur, et vous avez de la chance d'être tombé sur une obsédée. Vingt-quatre heures sans mettre le nez dehors ! Tu crois que c'est indiqué pour une jeune personne faible des bronches ! J'espère que ta mère ne t'en a pas trop voulu de lui avoir consacré si peu de temps, et que le retour au régiment s'est effectué sans trop de cafard. Tu me le diras dans ta prochaine lettre, que je ne recevrai que dans quinze jours, si j'ai de la chance, car le courrier est de plus en plus long à me parvenir.

Les journaux annonçaient ce matin que le nombre de lettres entre le front et l'arrière avoisine les dix millions... Pauvres facteurs. L'article précise également que Daladier envoie aux armées dix mille ballons de football, je suppose que le copain dont tu m'as parlé doit être ravi.

J'espère que le passe-montagne te sert, je sais que l'hiver n'est pas encore trop froid, mais tout de même, ça doit piquer le matin.

Ici, rien de spécial, je suis pendue à la radio, et notre directeur s'inquiète : il prévoit de nouvelles restrictions, et il y a eu hier un accrochage avec le responsable des cuisines. Les avis divergent, certains prétendent que nous avons suffisamment de stocks pour tenir un siège, d'autres pensent que nous sommes voués, à brève échéance, à la famine.

Joséphine m'a prise à part hier après le repas du soir, elle est devenue une adepte farouche des méthodes naturelles : la terre, notre terre nourricière, est la grande guérisseuse ; le truc consiste donc à ramasser de l'humus, des feuilles mortes, des mousses, des orties et des champignons s'il y en a, à broyer le tout, à le mélanger et à s'en faire des inhalations sous une serviette pendant des heures. Elle rayonne, cette fois elle a trouvé le truc pour barrer la route aux bacilles. Elle m'a offert, avec des mines de conspirateur, un sachet de sa salvatrice décoction.

Que va-t-il se passer ? Cette attente ne peut durer, quatre mois déjà... Bien que ce soit le mot à la mode, je n'arrive pas à trouver cette guerre « drôle », parce qu'elle nous sépare, parce que sans elle, tu serais là et que j'aurais encore plus de courage pour atteindre le stade de la rémission... je ne dois pas en être loin, plus de toux, presque plus de fièvre en fin de journée.

Bligny s'endort, il s'est même endormi, il est vingt et une heures, je t'écris à la lampe électrique car Rolland Gomart fait sa ronde dans le parc et cherche les lumières clandestines. Il espère découvrir des signaux lumineux trahissant des espions à la solde de l'ennemi ! Attention à la cinquième colonne !

Il a neigé un peu ce matin, et le parc avait ce silence particulier des paysages enfarinés par l'hiver, je suis allée jusqu'à notre théâtre, Gérard Marchand m'a regardée avec une tristesse que j'ai partagée. Les murs, les colonnades avaient un air d'abandon, une résignation s'était répandue, du crépi à la toiture. J'ai essayé d'entrer mais les portes étaient fermées. Je reviendrai le voir. Pour l'instant, il m'a semblé attendre sous sa perruque blanche des jours meilleurs.

Je voudrais pouvoir à la fois bondir en avant de quelques mois et revenir en arrière de vingt-quatre heures. Je tente désespérément de ressembler au modèle de la « vaillante petite femme française » dont parle *Je suis partout.* C'est difficile, question de moral...

Si je ne savais pas que les lettres sont censurées, je te dirais comment je t'embrasse.

Reviens, Sylvain, gagne la guerre ou perds-la, mais reviens.

Élisa

Février avait toujours été à Bligny un mois difficile.

L'hiver ne rendait pas les armes, il livrait certaines années un dur baroud avant de se diluer dans les averses de mars. Ce fut le cas cette année-là, la température baissa à tel point qu'Andoulard dut interdire les promenades dans le parc. Les réserves de charbon diminuaient et l'établissement dut commander des couvertures supplémentaires pour compenser les coupures de chauffage qui s'avérèrent très vite nécessaires. Les couvertures tardèrent et le médecin-chef constata un surcroît de bronchites.

On croisait dans les couloirs des malades engoncés sous des pull-overs, manteaux et vestes empilés. Certains ne quittaient plus leur lit, préférant la chaleur des draps aux fraîcheurs des salles et des couloirs. Ils ne descendaient plus que pour les repas où les portions de viande se rétrécissaient de semaine en semaine. Le moral s'en ressentait, les altercations se faisaient de plus en plus fréquentes, suivies la plupart du temps de réconciliations spectaculaires, en général mouillées de larmes, à tel point qu'Andoulard se demandait s'il n'aurait pas dû faire une spécialité en neurologie, voire en psychiatrie...

Pourtant, au matin de l'avant-dernier dimanche du mois, il y eut du soleil. Le médecin consulta le thermomètre extérieur qui avait atteint huit degrés et monterait sûrement encore. Il décida d'autoriser, après le déjeuner, les promenades dans le parc et en avertit les surveillantes.

La nouvelle parvint à Élisa alors qu'elle rêvassait sur un roman de Saint-Exupéry. Cela faisait plusieurs fois qu'elle essayait de le lire mais elle n'arrivait pas à se passionner pour le spectacle des passions humaines vues d'avion. Des hommes, des costauds, des rigoureux, des machines de plein ciel. Pas un seul microbe là-dedans, ni dans les poitrines larges, ni dans les mâchoires serrées, ni dans l'azur infini des horizons, trop de santé, de netteté... elle pensa qu'elle haïssait les romans où les gens se portaient bien. C'était ridicule, elle ferait mieux de reprendre son tricot. Une erreur, ça aussi... à quoi pensait-elle lorsqu'elle avait entamé la confection de cette paire de gants de laine ? Qu'est-ce qui lui avait pris de présumer ainsi de ses capacités ? Elle tentait désespérément de suivre le modèle, mais il y avait toujours un moment où ça coinçait. Il fallait multiplier les aiguilles, compter les rangées, les mailles, elle avait essayé de transformer les gants en moufles, avait repris dans un sursaut d'orgueil son projet initial, et se trouvait bloquée avec cinq saucisses molles et inachevées d'où pendouillaient des fils embrouillés. Ce qu'il y avait de tragique avec les gants, c'est que, lorsqu'on en avait fini avec un, il en restait un autre devant être à la fois identique au premier mais inversé, ce qui lui posait des problèmes sans fin. Pourquoi l'être humain n'avait-il pas deux mains droites ? Et pendant qu'elle tergiversait, qui est-ce qui se couvrait d'engelures ? L'homme de sa vie.

Elle en était là de ses réflexions lorsqu'on vint la prévenir que la promenade était autorisée à nouveau.

Elle enfila son manteau, noua son écharpe, enfonça son bonnet jusqu'aux sourcils et partit gaillardement. Elle s'arrêta à la porte de la chambre voisine et recourba l'index pour frapper contre le battant. Elle suspendit son geste, se souvenant qu'Henriette ne sortait plus les dimanches. Édouard avait cessé les visites et, sans qu'elle lui en eût fait confidence, Élisa avait compris que se retrouver sur l'un des bancs de l'allée centrale, à fixer la grille par où l'amant ne passerait plus, avait quelque chose de suffisamment cafardeux pour qu'elle préférât rester enfermée dans sa chambre.

Dehors, le parc avait la mine joyeuse que prenaient les paysages après grande lessive. Un coup de froid rincé de soleil, et tout était devenu clair et précis jusqu'au tréfonds des brindilles. Elle eut l'impression qu'un air optimiste entrait dans ses poumons, et que, malgré bacilles, guerre et attente, la vie était là, solide et généreuse. Il fallait en profiter.

Des groupes déjà s'étaient formés, il y avait moins de visiteurs qu'avant. Elle repéra un banc, s'y assit, étendit les jambes et ferma les yeux, se laissant envahir par la lumière blanche de l'hiver. Comme à l'ordinaire, Sylvain s'installa sous ses paupières et lui sourit.

– Mademoiselle Marin ?

Une petite dame était devant elle, rondelette, le chignon sage, l'œil assuré, son bras gauche étiré par un cabas aussi gros qu'elle.

– C'est moi.

L'inconnue l'examina quelques instants. Élisa crut repasser l'oral du bac dans sa matière la plus faible quand l'autre lui tendit une main droite décidée.

– Je suis Marina Kaplan.

Élisa se leva comme un ressort.

– Si je vous embrasse, dit-elle, vous me jugerez trop expansive ?

Elles s'étreignirent et Marina, l'obligeant à se rasseoir, s'installa à côté d'elle et lui colla le sac à provisions sur les genoux.

– Nous allons manger, dit-elle, il y a des rillettes, du pâté de campagne, des cornichons et du veau froid. J'ai confectionné un kouglof pour dessert, vous garderez le pain d'épice, j'ai oublié la moutarde. Les œufs durs sont également pour vous.

Élisa se mit à rire.

– Comment m'avez-vous reconnue ?

Marina leva la tête et prit à témoin les ramures les plus hautes.

– Ma pauvre petite, j'aurais essayé de ne pas vous reconnaître que je n'y serais pas arrivée : il m'a parlé de vous si longuement que je vous dois pas mal de migraines.

Elle ouvrit le pot de rillettes, déplia un canif robuste à manche de bois, tailla dans une miche une tranche conséquente et commença à tartiner avec violence.

– Mangez, dit-elle, manger est essentiel.

Élisa mordit, obéissante, il était sans doute difficile de désobéir à Marina Kaplan.

– Procédons par ordre : est-ce que vous avez l'intention de vous marier ?

Élisa avala avec difficulté. Sylvain lui avait parlé de sa mère, il l'avait décrite comme quelqu'un ne s'embarrassant pas beaucoup de précautions oratoires.

– Les circonstances actuelles sont telles que...

Marina Kaplan pointa la lame du couteau vers le ciel.

– Ne finassez pas, allez-vous vous marier ?

Élisa se mit à rire.

– S'il est d'accord, je ne suis pas contre.

Marina sortit une serviette à carreaux, deux gobelets et une bouteille de rosé.

– Du vin de Cassis, dit-elle, le rouge est un peu lourd pour un goûter d'après-midi.

– Et vous, dit Élisa, qu'est-ce que vous en pensez ? Je parle de ce mariage.

– Prenez du veau froid avec des cornichons.

La mère de Sylvain emplit les gobelets et une ombre passa dans ses yeux.

– Je peux vous le dire à présent, j'ai toujours su que vous étiez jeune, jolie, intelligente et que vous l'aimiez...

– Mais, dit Élisa, le problème est que je ne suis pas guérie, je dois être encore contagieuse, même si nous avons décidé de ne pas en tenir compte.

Marina Kaplan piocha un cornichon dans le bocal.

– Très bien, dit-elle avec force, très bien. A présent, parlons de la guerre, et laissez-moi vous dire tout d'abord que je n'ai confiance ni en Paul Reynaud ni en Daladier et encore moins en Gamelin. Il paraît qu'il dort toujours, il faut le réveiller pendant les réunions de l'état-major.

Élisa, qui avait attaqué le rôti, montra les promeneurs et sourit.

– Attention, vous pourriez être prise pour un agent de l'ennemi sapant le moral de l'arrière.

Scintillement des herbes... au-delà des arbres, après les collines, la plaine coulait. Sur la droite, le clocher d'ardoises d'une église émergeait. Il suffisait de le regarder pour croire que rien ne bougerait : la paix était là à jamais...

– Quelque chose va avoir lieu, dit Marina. Deux armées ne peuvent être face à face et jouer aux cartes pendant des mois. Il va y avoir une attaque et nous serons enfoncés, je ne crois pas aux bobards des journaux, les Allemands sont plus forts que nous.

Le vin sentait le raisin et la terre sèche, une vendange dans les cailloux tièdes de septembre.

– Ils ont déjà avalé la moitié de l'Europe, sans forcer, et ça va être notre tour. Si Sylvain n'était pas là-bas, je ne prendrais aucun risque, je serais depuis quelques mois à New York, car s'ils occupent la France, ce sera l'enfer. Un peu pour vous et beaucoup pour moi. Du kouglof ?

Élisa la regarda. Quel âge pouvait-elle avoir ? Cinquante ans ? D'où lui venait le sentiment que cette femme avait raison, que le bon sens coulait en elle, clair, évident comme le vin dans sa gorge. Elle ne se masquait pas l'avenir, son instinct l'emmenait droit au plus probable, sans les tricheries de l'espoir factice ou de la mauvaise foi inconsciente...

La jeune femme prit la tranche de gâteau que l'autre lui tendait. Elle sentit qu'une main intérieure serrait sa gorge, qu'elle aurait, si elle parlait, une voix ridicule, que ses yeux allaient s'embuer, pourtant elle voulait qu'elle sache.

– Je suis heureuse que vous soyez venue, dit-elle, je trouve ça formidable. Ça n'a pas dû être... enfin, je sais ce que représente la tuberculose dans l'esprit des gens... certains, lorsqu'ils nous reconnaissent dans le village voisin, changent de trottoir.

– Je sais, dit Marina.

Son regard se fixa sur l'arbre qui se trouvait en face d'elle. Un châtaignier. Elle sembla brusquement hypnotisée par son écorce.

– Je voulais vous connaître pour savoir si vous seriez capable de faire ce que je vais vous demander.

La pâte était sucrée. Trop peut-être.

– Tout ce que vous voudrez.

– Ne soyez pas imprudente, vous le regretteriez.

Élisa fixa le profil de sa visiteuse : l'âge s'était incrusté aux replis de la bouche, au coin des yeux.

La voix subitement devint plus douce :

– Je voudrais que vous quittiez mon fils.

Élisa regarda les provisions accumulées entre elles sur le banc. Une superbe dînette. Une belle après-midi, une petite avancée du printemps. Je ne veux pas vomir.

Elle fut heureuse de constater que sa voix était

plus ferme, une note de métal tinta, qu'elle ne se connaissait pas :

– Je ne crois pas que ce soit très utile, mais je voudrais que vous m'expliquiez.

Marina posa sur ses genoux la serviette à carreaux blancs et rouges, et y enveloppa ce qui restait de pain : le repas était fini.

– J'ai eu deux enfants, dit-elle, le premier est mort tandis que Sylvain était encore bébé. La tuberculose. Je n'en perdrai pas un deuxième. Vous avez dit tout à l'heure que vous étiez contagieuse, et que vous aviez décidé de n'en pas tenir compte, vous sans doute, mais la maladie, elle, ne jouera pas le jeu, elle ignore les serments d'amour. Je ne peux pas vous forcer, mais, si vous l'aimez vraiment, il vous faut partir.

Élisa se leva.

– La contamination est un danger que je suis arrivée à sortir de ma tête.

– Je suis venue pour l'y remettre.

Il y eut un craquement lointain d'arbre, un étirement de bien-être des branches, comme un avant-goût de la vie qui surgirait bientôt à pleine sève. Les jours rallongeaient, il sembla à Élisa que, déjà, au cœur de l'après-midi, il y avait vers l'est une faiblesse du jour... c'est par là que la nuit viendrait, elle habitait un pays lointain d'où elle allait émerger pour une noire promenade.

Les mains de la jeune femme remontèrent le col de son manteau.

– Je ne crois pas que vous soyez une méchante femme, dit-elle, mais j'aimerais vraiment ne vous avoir jamais rencontrée.

– Je ne peux pas vous ménager, dit Marina, ma vie depuis plus de vingt ans porte un nom, elle se nomme Sylvain. Vous êtes le plus grand risque qu'il ait rencontré, je vous demande de vous écarter. Il survivra. On survit plus facilement à un chagrin d'amour qu'à un bacille.

Élisa fourra les mains dans ses poches. Paumes moites. La fièvre ou la colère soudaine.

– Je vais guérir, dit-elle, et allez vous faire foutre.

Marina la regarda disparaître. Elle longea l'allée du kiosque et s'enfonça dans l'ombre du bois. Elle avançait, le dos droit, les reins cambrés. A quoi pouvait-on deviner alors que le chagrin était en elle, aussi visible que l'était, dans la plaine, le village nageant sous le soleil, vieux bateau de pierre échoué au cœur des labours, au creux de la vague de terre éteinte ?

Doucement, Marina Kaplan remit avec soin tous les ingrédients du pique-nique dans son cabas. Élisa n'avait rien emporté. Voilà, c'était fait, c'était dit. Peut-être avait-elle eu tort, peut-être n'avait-on pas le droit de protéger les gens malgré eux, mais elle avait décidé de ne plus se poser la question. Depuis toujours, depuis qu'elle avait entendu contre sa poitrine le premier vagissement de son fils, elle avait su qu'il serait son unique raison de vivre. Cette fille ne pouvait pas être celle qu'il lui fallait... le mal était en elle, et le mal vaincrait. Il fallait trancher dans le vif. Peut-être avait-elle échoué et jamais Élisa Marin ne lui obéirait mais elle avait ravivé sa responsabilité, elle l'avait replacée devant un miroir, et celui-ci lui renvoyait sa véritable image : celle d'une pourvoyeuse de lente et douloureuse mort. Même si c'était monstrueux il en était ainsi. Elle avait eu raison, il fallait choisir. Sylvain d'abord. Pardon, Élisa.

Elle prit son sac et, à travers les groupes de promeneurs, gagna la grille. Un long chemin l'attendait, elle ne rentrerait sans doute qu'à la nuit, à l'heure où les berges s'évanouissaient dans les brouillards, et où la Marne semblait cesser de couler pour n'être plus qu'une surface étale, ruban moiré sous les premières étoiles.

Lettre de Sylvain à Élisa

8 mai 1940

Mon bébé

Gros succès hier soir, je ne te dirai pas où, *because* la censure, mais les applaudissements ont crépité sur l'ensemble du front. Nous avons interprété, devant une salle bondée, un chef-d'œuvre de l'art théâtral intitulé *Le Tonneau de l'adjudant*, à côté duquel *Presto Subito* a des accents shakespeariens. J'ai joué le sergent Tire-Lire ! Tout un programme, j'espère être parvenu à rendre toutes les finesses et les ambiguïtés de mon personnage. Le pire a été réservé à l'un de mes copains, deuxième année de Conservatoire. Grand amateur de Musset et rêvant d'interpréter *Lorenzaccio*, il était hier soir mademoiselle Pantoufle : rôle capital, certes, mais tout d'une pièce. Chacune de ses apparitions a été triomphale, et nous ne comprenions pas de quoi il se plaignait. Vive le théâtre aux armées ! Frontier était fier de moi. Nous devions donner d'autres représentations, mais il y a eu annulation car le quartier général aurait été averti, par quelques mouvements des troupes ennemies, de l'imminence d'une attaque. En tout cas, le colonel nous a chaleureusement félicités après la représentation, j'ai cru qu'il allait nous coller la médaille militaire... A part cela, rien de nouveau, j'attends tes lettres et je joue au football. Frontier nous entraîne à longueur de journée, je m'endors épuisé, les mollets durs comme de la pierre. Je ne suis pas encore arrivé à marquer le moindre but, je m'applique pourtant, mais la balle ne m'aime pas. Je crois même lui être très antipathique car elle me fuit systématiquement.

Il faut que tu arrêtes de m'envoyer des colis, j'ai peur que tu ne te prives pour moi, je sais que les restrictions ont commencé à l'arrière, alors qu'ici l'officier-popotier fait des prodiges, je n'ai jamais autant mangé de ma vie ; en plus, nous faisons, avec Frontier, des descentes au village et achetons au marché noir œufs, côtelettes et chocolat. Le plus difficile à trouver, c'est la crème à raser, aussi ai-je décidé de me laisser pousser la barbe comme les copains.

De garde avant-hier. L'horizon était vide et la plaine déserte. Frisquet le matin très tôt, du coup j'ai ressorti tes gants et j'ai failli fondre d'attendrissement en les contemplant : pas un seul doigt qui ait la même longueur, et ce pouce gauche directement sur le dos de la main, quelle invention ! Personne n'a jamais eu de gants semblables ! Les autres n'y prêtent même pas attention, tellement les leurs sont banals, tandis que moi ! Je pense qu'il suffirait que je les agite un peu pour voir capituler l'armée allemande !

Je reçois des lettres de ma mère, je la sens inquiète mais je la connais. En pleine paix, en plein été, en plein jardin, au milieu de ses rangées de poireaux, alors que les pêcheurs pêchaient, que les baigneurs se baignaient et que les pigeons roucoulaient, je l'ai vue se relever, scruter le ciel d'azur, les rives verdoyantes, la rivière paisible, et dire en hochant la tête : « Ça ne va pas durer ! » Pour elle, chaque aube commencée est une bagarre à mener et tout crépuscule une victoire. Toujours étonnée de survivre aux événements.

Parle-moi plus de toi. Es-tu retournée au théâtre ? La chorale fonctionne-t-elle toujours ? Joséphine a-t-elle découvert un nouveau et incontestable médicament ?

Je ne connais pas la date de ma prochaine permission, elles ont été suspendues depuis quarante-huit heures, signe que quelque chose va se produire. Frontier pestait, je le comprends, c'était son tour, et il devait retrouver ses copains du stade de Saint-Ouen pour un match primordial.

Je suis devenu assez intime avec un des médecins de la compagnie. Rien à voir avec le toubib de carrière, grand distributeur d'aspirine et de farine de moutarde ; lui a l'air assez calé, et je lui ai parlé de tuberculose, il m'a dit que les savants travaillaient beaucoup sur cette maladie, qu'il y avait des recherches en Amérique, qu'ils avaient de grands laboratoires, de gros moyens et que tout cela aboutirait bientôt. Andoulard a dû t'en parler, en tout cas il existe un espoir.

Un mois déjà, trente-quatre jours exactement que je ne t'ai vue, c'est plus qu'interminable. Dès que les permissions seront autorisées, je prends mon envol, pas besoin de trains ni de trolleybus, direct jusqu'à Bligny, jusqu'à toi que j'embrasse plus qu'énormément. C'est en arrivant à la fin de cha-

cune de mes lettres que je comprends que je ne
sais pas écrire, que je ne serai jamais ni poète ni
écrivain... Les mots m'échappent, les phrases se
défont, c'est une fuite éperdue, et je reste au milieu,
désemparé, avec plein d'inexprimé en travers du
cœur et de la gorge... Je n'ose pas, voilà, c'est ça
surtout la raison, je n'ose pas, même si je sais que
tu ne te moqueras pas, que tu ne riras pas de mes
maladresses, je n'ose pas trop te parler d'amour,
et pourtant, ce n'est pas l'envie qui me manque !...
Parle-m'en, toi, tu es plus maligne, plus forte, tu
as moins peur d'écrire, et puis, tu le sais bien,
lorsque je t'entretiens du rab de purée, des shoots
de Frontier ou du temps, celui qui passe comme
celui qu'il fait, c'est d'amour que je te parle, il est
partout, il est dans l'encre des lettres, dans le blanc
de la marge et entre les lignes, il est partout...

Sylvain

– Dépêche-toi Henriette, on est les dernières.
Huit heures dix. Mardi 10 mai 1940.
– Henriette !
Elle devait dormir encore. Pas bileuse, Hen-
riette. Élisa posa la main sur le loquet de sa porte.
– Vous avez entendu les nouvelles ?
Élisa se retourna : dans l'éblouissement enso-

leillé du couloir carrelé, l'infirmière lui parut auréolée d'une blancheur diffuse. La lumière semblait faire voler les fenêtres en éclats.

– Je n'ai pas écouté ce matin.

Mme Franchin poussait le chariot devant elle. Les roues caoutchoutées glissaient sur le dallage.

– Ils ont attaqué, dit-elle, ça y est.

Élisa sentit un décrochement du côté de l'estomac, une impression d'ascenseur, comme si une partie de ses organes devenaient autonomes et mouvants.

– Cette fois ça y est vraiment, poursuivit l'infirmière, j'espère que vous n'avez personne là-bas, moi, mon mari est réformé à cause de son asthme, donc je suis tranquille, mais faut penser aux jeunes tout de même, parce qu'il va y avoir des morts.

Élisa se mit à courir. Elle descendit l'escalier quatre à quatre, et déboucha dans le salon.

Elles étaient toutes là, si parfaitement immobiles qu'elles semblaient poser pour un photographe invisible. Elles tournaient le dos à l'entrée, groupées autour du poste. Il y avait aussi quelques hommes, les deux jardiniers, un des employés de l'économat et Andoulard. La voix nasillait, elle sortait du demi-cercle de tissu métallisé au-dessus de la rangée de boutons. Tous les yeux étaient fixés dessus. Pourquoi regardait-on toujours le haut-parleur d'un poste de T.S.F. et pas forcément la bouche des gens ? Et surtout pourquoi se posait-elle ce genre de question inepte et sans intérêt, à l'instant précis où le monde basculait ?

« ...des vagues successives de bombardiers ennemis ont, dès l'aube, survolé les frontières belges et hollandaises, précédant les vagues de blindés. Le commandement général des armées françaises tient à faire savoir que l'attaque se produit exactement où nos stratèges l'attendaient, et que nos troupes ont supporté le premier choc avec un sentiment de délivrance, le tempérament français ne pouvant s'accommoder d'une attente qui se prolongeait plus que de raison...

« ... des tirs de D.C.A nourris sont parvenus à détruire de nombreux Stukas et nos artilleurs rendent coup pour coup. La bataille est engagée et... »

Élisa recula et quitta la salle sans bruit.

Le théâtre. Pourquoi devenait-il son refuge ? Le monde ce matin était vert et bleu. Mon vingt-quatrième mois de mai. Peut-être le plus beau de tous et, en cet instant même, dans l'épanouissement juvénile des feuillages, le déluge rouge des explosions ! Pendant la dernière permission, il avait expliqué qu'il ne risquait rien ; des régiments de sapeurs avaient creusé des galeries, fabriqué des abris, les hommes pouvaient se terrer là-dessous, les canons prenaient en enfilade les routes, devenues infranchissables. Elle avait compris qu'il mentait, qu'il cherchait à la rassurer, et, en ces heures, où se trouvait-il ? Qu'est-ce qui le protégeait de la furie du ciel ?

Le théâtre, les colonnades : un début de vigne vierge grimpait au crépi du mur latéral. Un jour, elle envahirait tout, l'édifice se noierait dans la verdure effrénée. Elle posa la main sur l'un des piliers et sentit la chaleur ensoleillée de la pierre. Comment des murs pouvaient-ils devenir des amis ? Les dalles lui parurent plus disjointes que lors de sa dernière visite. Le gel de l'hiver avait descellé le ciment. Elle suivit l'ombre du toit et atteignit l'arrière du bâtiment. Entrée des artistes. Elle sortit une lime à ongles de sa poche et fouilla dans la serrure. Deux mois auparavant, elle était arrivée à ouvrir. Un travail de cambrioleuse qui l'avait occupée une bonne heure. Henriette avait fait le guet tout en pestant. Finalement, elle était parvenue à soulever le loquet intérieur.

Elle pénétra dans l'édifice.

C'était la même odeur : poussière des rideaux et des planches, quelque chose d'étouffé et de sucré à la fois qui devait venir du velours des fauteuils, de la moquette.

Elle repoussa la porte derrière elle et resta

immobile pour que ses yeux s'habituent à la pénombre. Au bout de quelques instants, elle distingua l'escalier descendant vers les loges, et celui qui grimpait vers les cintres.

Elle écarta des tentures de la main et le plancher de la scène craqua sous la corde de ses espadrilles. Passé les montants, elle sentit comme un appel d'air venant de sa droite et se retourna. La salle s'étendait devant elle, les sièges vides se dessinèrent peu à peu et, bizarrement, elle eut le sentiment d'une attention recueillie. C'était dû au silence, mais aussi à autre chose qu'elle ne discernait pas, comme si les sièges avaient gardé l'empreinte, dans le pourpre de leur étoffe, de l'émotion des spectateurs disparus... Cet univers inutilisé était en attente : un jour reviendraient les lumières et les tirades, les rires et les larmes dans les jeux des fards et du strass.

Élisa devina une masse confuse au fond de la scène. C'était un faux banc de pierre. Peu à peu, autour d'elle, les détails se précisaient : elle était sous une tonnelle de carton et de contreplaqué, sur les toiles peintes, une allée filait en perspective vers un château lointain dont les tourelles surnageaient au-dessus des frondaisons. Elle effleura de ses doigts les fausses roseraies, les faux nuages. Si tout cela pouvait être vrai, si cette scène était le réel et que là-bas, au-delà de la rampe et du trou du souffleur, commençait le théâtre...

Que joue-t-on ? Quel est le programme de ce printemps 1940 ? La guerre, belle dame, grande production à grande mise en scène, très nombreux figurants, belle reconstitution historique. Un seul inconvénient : à la fin du spectacle, tous les participants ne se relèveront pas pour venir saluer.

Elle s'assit sur le banc. Très haut au-dessus de sa tête, des câbles pendaient, gréement d'un navire en cale sèche.

Rappelle-toi ce que je t'ai dit : gagne, perds, mais reviens...

Voici venu le temps où l'on ne peut souhaiter aux hommes que la vie. Est-ce qu'il reste quelque chose de toi en ces lieux, l'air qui stagne a-t-il gardé la marque de ton corps ? Si je regagne la place où je fus ta spectatrice, je te verrai peut-être réapparaître. C'était la paix alors... mon Dieu, ce que nos vies vont vite, comme tout s'est accéléré, que de joies et de peines brassées...

Il faisait froid sur le plateau. Le poids de l'hiver s'était glissé et demeurait, il faudrait attendre l'été pour que l'humidité disparaisse. En effleurant les franges d'un rideau, elle eut une impression de moisissure. Se pouvait-il que les heures brillantes fussent déjà derrière elle ? Est-ce que les heures de bonheur compensent toute ma peine, l'angoisse, l'attente ; et cette meurtrissure, dont ta mère a réveillé la douleur, s'apaisera-t-elle ?...

Elle ferma les yeux. A l'horizon des paupières, on devinait la lueur lointaine des bombes : c'était un rougeoiement presque ininterrompu, comme parfois les orages, les nuits d'été, lorsque, par sa fenêtre, elle voyait les arbres du parc sortir de l'obscurité devenue métallique. Qui pourrait ne pas mourir sous cet acharnement ?

Elle ne sut jamais combien de temps elle était restée assise dans le théâtre noir. Lorsqu'elle en sortit, le soleil était haut et les ombres, droites.

Sur le chemin du retour, elle croisa Henriette. Elles s'assirent sur leur banc habituel, loin des tricoteuses.

– Finalement, dit Henriette, tu verras qu'on va être les derniers à crever. Pourquoi on bombarderait un sana ? Aucun intérêt, tandis que les villes, ça va dérouiller, ya toujours une raison : la gare, les ponts, les routes, les usines, tout en cendres, sauf les sanas. Tu vas voir ce que je te dis, la guerre finie, y restera plus que les tubards.

Elle toussa et se détourna pour cracher. Lorsqu'elle s'essuya la bouche avec son mouchoir, Élisa vit la traînée écarlate sur le linge. Hémoptysie.

– Tu l'as dit à Andoulard ?

– Quoi ?

– Que tu crachais du sang.

– C'est pas la peine, il s'en est aperçu tout seul. Trois hémorragies la semaine dernière.

Élisa regarda son amie. Cela devait faire longtemps qu'elle ne l'avait pas vue de près. Un sculpteur avait ciré la peau, tendue sur l'ossature des pommettes.

– Je décolle, hein ?

Élisa s'arracha un sourire.

– Et moi, tu crois que je suis florissante ?

– Oui, surtout à côté de moi... Ils veulent me réopérer et j'en ai marre. En plus, j'ai mal quand je respire, je suce l'air du bout des poumons, et ça me brûle dans le dos ; j'ai envie de griller une gauloise, et ce con d'Édouard qui passe toutes ses permes avec sa régulière pendant que je crève toute seule dans mon coin. Je peux même plus pleurer tellement j'ai mal aux yeux. Tiens, mets-moi mon collyre.

Élisa prit le compte-gouttes tandis qu'Henriette renversait la nuque sur le dossier.

– Ouvre tes quinquets, ma belle.

– T'en fais pas pour ton joli cœur, je l'ai vu sur scène, il court tellement vite qu'il va passer à travers les bombes.

La goutte trembla à l'extrémité du tube de verre, se détacha et tomba sur la pupille sombre.

158

Élisa appuya à nouveau sur le caoutchouc. La deuxième goutte fila dans le coin intérieur de l'œil droit, franchit le barrage des cils, glissa le long du nez, contourna la narine...

La vue d'Élisa se brouilla... les lèvres d'Henriette étaient blanches, il n'y avait plus, entre elles et le reste du visage, de différence de couleur : des clowns se maquillaient ainsi, elle en avait vu au cirque dans son enfance.

– Écoute, dit Henriette, tu choisis, ou tu me soignes, ou tu pleures, mais pas les deux à la fois.

Élisa renifla, revissa le flacon, chercha son mouchoir dans la poche de sa jupe et décida d'être brave.

– Un rami, dit-elle, ça ne nous est pas arrivé depuis longtemps.

– Tu pensais qu'à ton jules. Tu m'as laissée tomber.

– C'est vrai, mais je vais m'occuper de toi.

Henriette resserra son cache-nez ; c'était un long ruban de laine étroit de couleur moutarde qu'elle s'entortillait autour du cou un nombre incalculable de fois, quelle que soit la saison.

– Je vais chercher les cartes, dit Élisa.

Elle se leva et se sentit regonflée. Surtout ne pas se demander pourquoi. Sylvain reviendrait, c'était sûr, et Henriette guérirait. Voilà, c'était comme ça et pas autrement. On n'allait quand même pas se faire avoir par le destin, non ?

En traversant la cour, en passant sous les arbres, l'odeur de résine et d'herbe neuve était si violente qu'elle eut la sensation de respirer le printemps.

Le 4 juillet, Aristide Castellain, directeur du sanatorium de Bligny, fut prévenu par la mairie de la commune de la visite d'un colonel de l'armée allemande, adjoint au commandant suprême des forces armées stationnées à Paris, depuis le 14 juin.

Pour des raisons obscures, il choisit ce matin-là de ressortir son dernier col dur, et noua avec difficulté le nœud de sa cravate noire. Il décida dans la foulée de revêtir son costume de mariage, ce qui lui permit de constater qu'il avait légèrement forci du côté des hanches et des fessiers. Il regroupa le personnel qui fut averti de la visite.

Comme toujours, des bruits avaient circulé, tous les malades seraient évacués et l'établissement recevrait les blessés allemands en provenance du front de l'Est. On avait parlé également d'une transformation du sanatorium en cantonnement de troupes de choc des sections d'assaut et en dépôt de munitions. C'était surtout dans le pavillon des hommes que les rumeurs gonflaient : il s'y était murmuré que l'on assisterait bientôt à une fusillade générale et à l'installation de batteries antiaériennes dans le parc. Maurice Michalon, grand stratège et courtier en assurance incendie, avait exposé sa thèse avec énergie :

– Un sana, c'est l'idéal pour les boches, ils y fourrent leurs munitions et ils gardent les malades en otage, comme ça les Anglais n'osent pas bombarder. On va avoir le cul sur la dynamite.

Castellain avait dû intervenir et rassurer son monde en faisant placarder des notes de service à la porte de chaque pavillon. Depuis le début du mois, il s'était livré à une simple besogne : il avait relevé sur la liste de ses patients le nom des israélites et était allé les trouver un par un dans leur chambre. Il y en avait quatorze. Il leur proposa un transfert dans un établissement du sud de la France, moins exposé.

Castellain était un petit homme gris à la voix blanche. Il avait suivi de près les thèses nazies sur les questions raciales, et en avait retiré une idée simple : il lui fallait mettre ses juifs à l'abri, c'était de son devoir et il le ferait.

A sa surprise attristée, les deux premiers entretiens qu'il eut à ce sujet furent catastrophiques. Simon Greisteyn le flanqua littéralement à la porte de sa chambre en lui faisant remarquer qu'il avait eu la croix de guerre en 1917, ce qui valait tous les certificats du monde, et que les Allemands, grands connaisseurs en bravoure, se mettraient au garde-à-vous devant sa médaille acquise au feu. Héléna Wintorp l'écouta à peine, bâilla deux fois et finit par lâcher : « Lors de mes derniers examens, il a été constaté que la nécrose de mon poumon droit est presque totale et que l'hypertension progresse, vous pouvez en déduire que la présence d'Allemands sur le sol français me laisse égoïstement indifférente. De plus, je suis ici depuis bientôt trois ans, je trouve le parc agréable, la chambre confortable et, bien que nous ayons des prises de bec incessantes, je m'entends bien avec Mmes Rancole et Vivien, mes voisines directes. Je ne partirais donc pas, même si Hitler m'y obligeait. Au revoir, monsieur le Directeur. »

Un peu démoralisé, Castellain continua sa tâche et parvint à décider six malades à se réfugier en zone libre. Rien ne pressait ; en effet, la plupart des routes étaient encore engorgées par le reflux des réfugiés qui avaient fui l'avance des troupes ennemies, les trains refonctionnaient à peine ; il leur fallait attendre des jours plus calmes, sans toutefois lambiner.

Dix heures. Le colonel n'allait pas tarder. Castellain gonfla la poitrine et rentra le ventre. Un coup d'œil dans son miroir lui confirma ce qu'il savait depuis toujours, il était définitivement maigrichon, et réussissait le tour de force, à la cinquantaine passée, d'avoir la silhouette imprécise d'un lycéen prépubère. Désolation.

Il se savait également empli d'une absence totale de confiance en lui-même, et d'une extrême lâcheté. Il essuya donc ses mains moites, descendit les escaliers, se posta à l'entrée, jambes tendues à la recherche de centimètres supplémentaires, et tenta, en serrant les dents, de conférer à sa mâchoire la virilité des stars hollywoodiennes, spécialistes du western, qu'il admirait beaucoup, avec une préférence pour James Stewart.

A dix heures cinq, deux side-cars conduits par des gendarmes allemands pénétraient dans le parc. Leurs plaques pectorales brillaient dans la lumière grise. Les malades consignés dans leurs chambres les regardèrent, à l'affût derrière leurs rideaux. La voiture du colonel Frantz Böll s'arrêta à son tour face au perron. Le colonel en descendit, fit deux pas et se planta au bas des marches. Castellain pensa qu'après tout c'était lui qui avait perdu la guerre, et qu'il n'était pas dans son intérêt, ni dans celui de ses protégés, de jouer les matamores. Il alla donc à la rencontre de son visiteur et s'inclina poliment.

Frantz Böll avait quarante-huit ans, était né, bizarrerie du hasard, en Thuringe, près de

Rudolstadt, et avait vécu son enfance au pied du mont Beeberg qui, avec ses neuf cent quatre-vingt-deux mètres, était le sommet le plus élevé de la région, sommet sur lequel avait été construit, au début du siècle, l'un des sanatoriums les plus importants du pays. Durant les quinze premières années de sa vie, on lui avait expliqué que s'aventurer à moins de cinq cents mètres de cet endroit équivaudrait pour lui à plonger dans de l'eau glacée, à se jeter dans le vide du toit d'un immeuble ou, plus simplement, à se tirer une balle dans le crâne. Avec l'âge, il pouvait imaginer qu'on avait exagéré tant soit peu, mais n'en avait pas moins conservé une terreur panique des microbes en général, et du bacille tuberculeux en particulier, de telle sorte que, lorsqu'il vit la silhouette malingre du directeur descendre vers lui, il croisa ostensiblement les mains derrière son dos de façon à éviter tout contact avec un individu vivant avec assiduité dans une atmosphère infestée de bacilles, et qui devait pouvoir en libérer quelques milliards simplement en époussetant sa cravate.

La discussion fut donc rapide et d'une exemplaire sobriété. Il s'enquit, sans raison aucune, du nombre de malades, s'assura, ce qu'il savait déjà, que l'établissement n'offrait aucun intérêt militaire, et demanda s'il n'y avait pas d'armes entreposées. Castellain lui révéla qu'il disposait d'un certain nombre de bistouris en salle d'opération et de couteaux inoxydables dans les cuisines, mais que c'était à peu près tout ce qu'il voyait. Böll parut satisfait de la réponse et avertit son interlocuteur qu'il lui faisait entièrement confiance, que la guerre était une chose épouvantable et qu'il espérait qu'elle ne séparerait pas leurs deux pays car lui-même adorait la France, ayant passé les vacances scolaires de l'année 1928 à visiter en famille les châteaux de la Loire dont il avait gardé un excellent souvenir.

– Ah ! Chambord !

– Et Chenonceaux ? Vous connaissez Chenonceaux ? dit Castellain.

– Ah ! Chenonceaux ! Et Azay-le-Rideau !

– Amboise aussi !

Lorsqu'ils eurent cité la quasi-totalité des demeures royales ou princières, Frantz Böll s'inclina et partit au pas cadencé.

L'entrevue avait duré six minutes. Castellain, lorsqu'il devait raconter par la suite cette rencontre, prétendit toujours que le colonel se congestionnait au fil des secondes, donnant l'impression d'un homme qui s'empêchait de respirer trop vivement.

La voiture et les deux side-cars disparurent, et le directeur comprit que Bligny, désormais, deviendrait un cas peut-être unique. Il serait, sur l'ensemble du territoire, la seule parcelle de France à ne pas connaître l'Occupation. Il en conçut un soulagement légitime, doublé d'une grande satisfaction : tout seul, avec l'aide invisible de mister Koch, il avait tenu tête et fait fuir l'envahisseur. Il se surprit souvent, à partir de cet instant, à siffloter des airs militaires, surtout lorsqu'il se mit à écouter Radio-Londres, dans les mois et les années qui suivirent.

1942

*Extrait du journal intime
d'Aristide Castellain*

L'idée m'est venue, il y a peu de temps, d'écrire
un ouvrage sur ce qu'abusivement j'ai envie
d'appeler « mon sanatorium ». En fait, il s'agit
moins d'une idée que d'une envie.
Je dispose dans mon bureau des registres reliés de
toile grise.
Ils datent des premiers jours de l'existence de cet
endroit, ce sont les longues listes des noms des
pensionnaires, de l'évolution de la maladie de chacun, de leur arrivée, de leur traitement, de leurs
rémissions, de leur décès : des dates, des chiffres,
jusqu'à aujourd'hui.
Ils sont tous là, aucun n'a échappé, il y a en tout
dix-sept volumes, recouvrant trente années. Parallèlement, j'ai découvert dans les archives quelques
clichés : deux sont datés de 1923, ils sont actuellement en face de moi.

Le premier représente une douzaine de jeunes femmes, rieuses pour la plupart. Ce sont des malades, elles portent l'uniforme des pensionnaires sous leurs manteaux. Deux d'entre elles sont agenouillées et tiennent une sorte de pancarte sur laquelle il est écrit : « Concours de chapeaux. Bligny, octobre 1923. Mademoiselle Oronge, premier prix. » Mlle Oronge est sans doute la demoiselle du centre. Pas étonnant qu'elle ait gagné, elle a une très jolie capeline ; malgré la voilette, on peut constater qu'elle a les yeux clairs. J'ai cherché sur les registres le nom de Mlle Oronge et l'ai trouvé facilement. Augustine Oronge est morte en janvier 1924, moins de trois mois après son triomphe.

La deuxième photo représente des messieurs tirant à la carabine. Il est précisé que le champion, cette année-là, est Adrien Fuzier. Il porte un canotier. Le soleil en cette journée devait être violent, il illumine la coupe qu'il tient à la main. Adrien s'efforce à un sourire qui reste pâle. Registre consulté, Adrien Fuzier a eu le temps de gagner encore deux autres concours de tir avant de mourir, à Bligny, près de trois ans plus tard. Il était employé des postes.

L'envie dont je parlais est simple et irréalisable. Je voudrais, derrière les sèches indications d'un registre, retrouver les êtres qui ont vécu dans ces murs particuliers. Qui était Félicienne Gandor, 1856-1912, qui a passé près de dix ans ici ? Qui était

Jérôme Blondel, qui est entré à dix-sept ans, et qui y revint dix ans plus tard en tant que médecin ?
Ils sont des centaines. Qui pourrait les faire revivre ? Personne. Il y faudrait tant de temps, tant de mémoire, tant d'amour... Infaisable.
Et puis, j'ai mon travail, je n'y arrive plus seul. J'ai donc bien peur que ce projet reste un projet...
Demain, Élisa Marin sera là...

Élisa Marin sauta sur le ballast. Les cailloux crissèrent sous ses semelles de bois plein. Belle invention encore : avec des talons de trois centimètres, on avait l'impression de marcher sur des échasses. Il y avait des groupes de voyageurs descendus massés devant les portières. Tous écoutaient le ciel. Il faisait chaud, une chaleur blanche semblait monter des rails. La locomotive fumait, immobile, masquée par la courbe de la voie.
Il y avait eu des bombardements : Villejuif, Clamart, Billancourt. Les banlieues étaient visées. Elle regarda autour d'elle : le train s'était arrêté à moins de cinq cents mètres de la gare, en escaladant le remblai, elle retrouverait la route facilement. Si les avions anglais surgissaient, elle aurait le temps de se dissimuler dans un taillis, et puis pourquoi la Royal Air Force s'en prendrait-elle

particulièrement à elle ? Elle ne devait pas être une cible prioritaire.

– Ils vont pas se mettre à bombarder les trains de civils...

Élisa se retourna. C'était l'un de ses compagnons de voyage. Le train était bondé. La plupart des voyageurs allaient au ravitaillement. Les sacs, les musettes étaient plats, et les valises légères ; ce soir, au retour, elles seraient gonflées de pommes de terre, d'œufs, de beurre pour les plus chanceux et les plus riches.

– A cinq mille mètres, un train de civils ça ressemble à un train militaire, ils vont pas s'amuser à descendre pour voir la différence...

Les yeux cherchaient les avions, peut-être étaient-ils en effet trop haut pour apparaître. Les cils d'Élisa battirent. On ne distinguait rien.

– Ça pourrait être un déraillement, faudrait demander au conducteur.

Un garçon aux chaussettes tire-bouchonnées commença à jeter des cailloux. Un épi se dressait sur le sommet de sa chevelure, pourtant plaquée à la brillantine.

– Reviens ici, si le train repart, je viendrai pas te rechercher...

Il régnait sur la campagne une odeur d'herbe sèche, de mâchefer surchauffé.

Élisa se décida. C'était ridicule d'attendre, à pied, elle y serait dans moins d'une heure.

Elle fit passer la courroie de son sac au-dessus de sa tête, l'installa en bandoulière, prit son élan et, en trois enjambées, escalada la pente. Elle se retrouva au sommet, en plein dans les orties. Il y avait une barrière de bois qu'elle franchit sans peine et, en se retournant, elle vit en contrebas les regards réprobateurs levés vers elle. Elle agita la main en un geste d'adieu et traversa la route déserte.

En passant par le bois, elle gagnerait du temps et il ferait plus frais sous les arbres.

Un été sans oiseaux.

Où s'étaient-ils enfuis ? Peut-être quittaient-ils les pays en guerre, peut-être ne reviendraient-ils plus jamais, ils devaient chercher les terres calmes, les îles sans fracas ni fumées... Pauvres oiseaux, il leur fallait aller loin pour les trouver, peut-être n'en existait-il plus... Le Pacifique s'était embrasé, la Birmanie, Madagascar, les Philippines, ce serait bientôt le tour de l'Australie. Jamais, pensa Élisa, les Français n'avaient été aussi forts en géographie que durant ces mois d'été 1942 : ils savaient situer Kharkov, Tobrouk, Bir Hakeim, Rangoon et Batavia, qui n'était plus une salade mais une ville de Java conquise par les Japonais.

Le sac brinquebalait contre sa hanche. À l'intérieur se trouvait la lettre. Elle datait de plus de huit jours : la poste fonctionnait mal et elle avait eu des difficultés à la déchiffrer, Castellain écrivait comme un cochon.

Élisa était restée longtemps les yeux dans le vide après l'avoir lue. Une averse tombait sur les acacias de la rue Caulaincourt, peu de passants, de son cinquième, elle pouvait voir les fleurs noires et circulaires des parapluies d'où deux pieds sortaient alternativement... Henriette la réclamait parce que Henriette se mourait.

Tout avait resurgi alors dans le soir rayé de pluie, l'immeuble en face se biffait de traits liquides et elle s'était retrouvée dans le parc de Bligny, sous l'un des kiosques, près du théâtre, avec le rire d'Henriette lorsqu'elle gagnait aux cartes, le rire d'Henriette lorsqu'elle s'esbignait avec Édouard dans les sous-bois des dimanches, le rire d'Henriette lors des répétitions de la chorale, le rire d'Henriette quand elle essayait de savoir si Sylvain faisait bien l'amour, et elle se sentait devenir écarlate...

Elle se tordit la cheville sur une souche et décida d'enlever ses chaussures. Elle défit les lanières de carton bouilli, les accrocha l'une à l'autre, et repartit, heureuse de sentir la plante de ses pieds s'enfoncer dans l'humus.

Deux ans qu'elle avait quitté le sana. Presque deux ans.

Stabilisée. C'était le terme qu'avait employé Andoulard, celui qu'elle attendait depuis des années. La mort était là, toujours présente, mais elle n'avançait plus... elle l'avait imaginée, une femme noire immobile sur une route blanche. Elle se remettrait en marche un jour, mais elle s'était arrêtée, qu'attendait-elle ? Peu importait de le savoir, l'essentiel était cet arrêt... Bien qu'elle eût encore des précautions à prendre, elle avait pu quitter Bligny. Castellain l'avait félicitée, tous étaient venus lui serrer la main. Henriette l'avait embrassée.

– Tu m'écriras ?

– Chaque semaine.

Elles n'avaient pas tenu longtemps parole. Elles s'étaient écrit pendant quelques mois, et puis les lettres s'étaient espacées. Un jour, Henriette n'avait pas répondu, Élisa s'était promis d'aller la revoir, ça ne s'était pas fait. Il y avait eu son déménagement, elle s'était réinscrite en Sorbonne où elle suivait sans conviction des cours de philosophie et d'histoire de l'art. Dans les rues grises de la guerre où ne circulaient plus que des vélos-taxis et des camions à gazogène, elle rentrait chez elle par les ponts, serrant sous son bras ses cours sur Maine de Biran. Comme tout cela était dérisoire. Devant le Crillon, les panneaux noirs aux lettres gothiques indiquaient leur chemin aux troupes d'occupation, les bottes martelaient le pavé les jours d'exercice, et elle, au fond d'amphithéâtres désuets, dans la poussière des banquettes et des boiseries, elle apprenait les caractéristiques de l'architecture romano-byzantine. Comme ce monde était vieux ! Dans les cafés qui cernaient la vénérable université, on voyait encore des profs à lavallière... silence des bibliothèques aux lumières ténues... où était la vie ?...

Où était Sylvain ?

Il avait été fait prisonnier très vite durant l'été 40. Une petite bourgade près de Sélestat. Aux actualités, elle avait vu les immenses colonnes de l'armée des vaincus progressant vers les barbelés des camps. Une lettre l'avait prévenue : des formules imposées par la censure. Il allait bien. Il mangeait bien. Il devait partir pour l'Allemagne, il ignorait où, il l'embrassait.

Elle arriva à un croisement. Au-dessus d'elle, le feuillage s'était refermé. Il faisait bon. Elle eut envie de s'arrêter, de s'asseoir pour reposer ses jambes fatiguées. Elle ne devait pas oublier que tout effort prolongé lui était fortement déconseillé, mais un instinct l'avertissait qu'elle devait aller vite. Si Castellain donnait peu de détails, il était aisé de comprendre, à travers ses pattes de mouches, que plus rapidement elle serait là, mieux cela vaudrait.

Elle prit sur la gauche. Elle ne devait plus être loin à présent. Si son sens de l'orientation ne l'avait pas trompée, elle retrouverait la nationale un peu plus haut, et de là elle pourrait apercevoir les toits des pavillons.

Pourquoi mon cœur bat-il, comme l'écrit Delly dans ses romans sucrés ? Allez, ne résiste pas, enfonce-toi dans le passé, fonce dans le pèlerinage, entre en nostalgie... C'est là que tu l'as rencontré, il y a... mon Dieu, il y a 5 ans... 1937, un autre monde... Nous étions donc si amoureux que nous n'ayons rien vu venir ? C'est toi que je viens retrouver à travers la pauvre Henriette, tu sais bien que c'est toi... Pourquoi n'as-tu plus jamais écrit ? Je vais mêler nos ombres une fois de plus, la mienne d'aujourd'hui à la tienne d'autrefois. J'ai hâte de me retrouver dans notre décor, parce que j'espère que va naître ton image, et qu'elle me coupera le souffle à nouveau, comme chaque fois que je te rencontrais.

Le soleil lui collait la robe aux omoplates. C'était un tissu léger, une cotonnade d'avant-guerre qu'elle n'avait jamais mise et qu'elle avait découverte la veille dans la penderie. Une aubaine qui lui économisait ses points textile.

Le sentier s'élargit, elle entama une montée

assez raide et déboucha sur la route. Elle ne s'était pas trompée : droit devant elle, elle put distinguer, entre la mer verte des arbres, les navires des toits du sanatorium.

Elle s'assit dans l'herbe et remit ses chaussures. Une charrette venait du village, on la devinait dans le tremblement de la lumière... Les pattes du cheval semblaient flotter dans le brouillard. Elle était loin encore.

Elle traversa. Elle serait arrivée dans moins d'une demi-heure. Elle s'en voulut de cette émotion qu'elle sentait gonfler. Je ne serais pas plus bouleversée si j'allais le revoir. Tu ne le reverras pas, ma grande, peut-être un jour, dans de longues années, si la guerre est gagnée... ça n'en prend pas le chemin...

Et alors, si vous vous retrouvez face à face, il arrivera la pire des choses : vous vous en foutrez totalement. Je n'ai jamais cru aux amours éternelles. Lui non plus. Je n'ai plus qu'une cicatrice qui ne ferme pas bien, et que le soleil de cette journée entrebâille, et c'est comme une douleur que je n'aimerais pas sentir cesser.

Elle poursuivit sa marche. Il devait rester des anciennes, Joséphine sans doute serait encore là : avait-elle trouvé le remède miracle ? Pauvre Joséphine qui ne pourrait plus vivre dehors...

Mon Dieu, Sylvain, ce que tu peux être présent

en ce jour, tu ne l'as jamais autant été, c'est incroyable, dans chaque feuille, dans chaque nuage, dans l'air, dans le vent, dans la tiédeur du soleil... fous-moi la paix, mon amour, fous-moi la paix, je vais arriver en larmes, et ce n'est surtout pas ce qu'il faut. Pense à Henriette, pense à... je ne sais pas, moi, à Maine de Biran, à Joseph de Maistre, à toute la clique de casse-pieds dont on te rebat les oreilles, sans parler des églises à Christ pantocrator et à voûtes en plein cintre... Si j'avais de la poudre, je me repoudrerais, comme les dames chics dans les films, mais restrictions, restrictions !

Les pavés de la route affleuraient sous les craquelures du goudron.

Elle découvrit les grilles au bout de l'allée. Voilà, elle était arrivée.

Elle poussa le lourd battant de fonte et pénétra dans le sanatorium.

Les mêmes graviers, les mêmes troènes, les mêmes murs. Au pied d'un massif, un homme maniait un sécateur. Il se retourna lorsqu'il entendit son pas. Elle le reconnut immédiatement.

– Bonjour, monsieur Gomard.

L'ex-responsable de la défense passive cligna des yeux, repoussa sa casquette en arrière et essuya machinalement ses mains terreuses à son tablier.

– Vous ne vous souvenez pas de moi ? Élisa Marin, la chambre du troisième, j'étais avec vous à la chorale. Toujours baryton ?

Rolland Gomard hocha la tête et prit l'air entendu de ceux auxquels on ne la fait pas.

– Je me souviens bien. Vous étiez toujours avec votre copine. Vous avez pas de pot, on l'a enterrée hier.

« Tu fais un rami, ma grande, allez, fais pas ta mijaurée, viens faire un rami... »

Je n'irai pas sur ta tombe, je m'assiérai sur le banc, toujours le même, je retrouverai l'arbre d'Édouard, je sentirai sur son écorce la marque de la fête que vous vous donniez, ne m'en veuille pas, ma belle, ne m'en veuille pas d'arriver trop tard, c'est la poste, c'est la guerre, c'est la saloperie de vie, si moche depuis que tu en es sortie... Est-ce que tu m'as pardonné ? File-moi ton mouchoir, je dégouline, je me répands en cataractes, oh, Henriette, pourquoi ne suis-je jamais revenue ?...

– Vous voulez peut-être vous asseoir ?

Il en est retourné, ce crétin de Rolland Gomart, il se dit qu'il aurait dû prendre des précautions, qu'il va peut-être se faire engueuler, que je vais m'évanouir, que ça va lui retomber sur le dos...

Élisa finit par retrouver un mouchoir dans son sac et fit route vers le bâtiment principal.

Lorsqu'elle pénétra dans le hall, l'odeur oubliée

surgit, celle de l'éther mêlée à celle des désinfec-
tants, et cette nuance imprécise qui venait des
lieux collectifs où passaient des êtres nombreux
et malades. C'était le parfum de l'inquiétude, l'aci-
dité de l'angoisse, aigrelette comme un fruit trop
vert.

Castellain. Direction générale.

Mlle Montereau n'était plus là, elle avait été
longtemps préposée au secrétariat, un peu
concierge, un peu réceptionniste.

Élisa frappa à la porte. Castellain lui ouvrit, et
elle se retrouva le nez sur son épaule, aspergeant
son veston de gouttelettes convulsives à chaque
sanglot. Tout en cherchant activement ce qu'il
pourrait bien proférer pour la consoler avant la
noyade, il lui tapota longuement l'omoplate, tout
en répétant :

– Allons, allons, allons...

Ce fut elle qui se reprit, et ils s'assirent côte à
côte, aussi malheureux l'un que l'autre, sur le
divan au hideux macramé qui occupait le mur du
fond.

– Elle a souffert ?

Castellain revit le masque torturé creusant
l'oreiller ; les ulcérations buccales qui s'étaient
déclarées les dernières semaines ne lui avaient
laissé aucun répit. Le bacille avait envahi les gan-
glions... une mort difficile. Il était un vrai cow-boy

quelquefois ; il se dressa sur la pointe des fesses et proclama avec force :

– Pas du tout. Elle s'est endormie sereinement.
Élisa ne le crut pas.

– Je ne devrais pas fumer devant vous, dit Castellain, mais je viens de toucher ma décade, alors si vous le permettez...

– Je vous en prie.

Il aspira deux bouffées géantes et bleues qui s'étirèrent horizontalement à travers la pièce.

– A part vous, je suppose qu'il n'y avait personne aux obsèques ?

Castellain sourit largement et commença à s'embrouiller !

– Eh bien si ! Un ami à elle est venu... un... enfin un ami. J'ai cru comprendre qu'il avait une famille, et qu'il ne tenait pas à ce que... Enfin, il était là n'est-ce pas ?

Pardon, Édouard, de t'avoir traîné dans la boue, pardon, tu as fait mieux que moi, entre la bonne copine et le vilain suborneur, qui croyez-vous qui fut le plus fidèle ?... elle a dû être heureuse... parce qu'elle jouait les affranchies, les gigolettes, mais je sais bien, j'ai toujours su qu'elle ne l'avait jamais oublié, le bel Édouard au ventre en poire.

– Je suis content de vous voir, dit Castellain.

En fait, même si votre amie ne vous avait pas demandée, je vous aurais proposé de passer.

– Expliquez-vous, dit Élisa, je ne comprends pas...

– Voulez-vous que nous sortions ? Nous pourrions bavarder tout en marchant.

Ils retrouvèrent le soleil sur les pelouses. A gauche, à travers l'épaisseur du feuillage, on devinait le pavillon des femmes. Elle avait vécu là des années. Surtout ne pas y retourner. Surtout pas.

– Les arrestations se multiplient, dit Castellain, il n'y aura bientôt plus un seul juif en zone occupée.

– Il en reste à Bligny ?

Il eut une curieuse grimace.

– J'ai reçu l'ordre de la Kommandantur de donner la liste de leurs noms, ce que j'ai fait, en précisant que tous étaient partis. J'ai dû aller au Bureau central des affaires juives. Ils m'ont demandé si je savais où ils étaient allés, j'ai dit que non. Je ne suis pas très sûr qu'ils m'aient cru.

Castellain marchait comme s'il avait été grand, une foulée ample et calme de géant musclé. Élisa regardait son ombre courte sur le sentier. Elle eut l'impression que pas une seule seconde de sa vie il n'avait pu oublier son mètre soixante-cinq. Une lutte de chaque instant dont il ne sortirait jamais vainqueur.

– Les boches avancent sur tous les fronts, dit-il, ils ont franchi le Don en Russie, les Japonais prennent une île par jour, Laval expédie cent cinquante mille ouvriers français en Allemagne, on exécute des otages, je ne suis pas optimiste. Qu'en pense-t-on à Paris ?

Elle haussa les épaules. C'était difficile à exprimer. Il y avait les rues vides, les magasins déserts, le couvre-feu, l'orge du matin au comptoir qui remplaçait le café, les tartines de margarine, les queues partout, les officiers à croix de fer aux loges de l'Opéra, Raimu plaidant pour *Les Inconnus dans la maison*... le papier fragile de *La Gerbe* ou de *Je suis partout* entourant de tristes salades... Rue Lepic, les marchands rêvassaient sur les rares courgettes des charrettes des quatre-saisons.

– Ça va basculer, dit Élisa, ils ont trop de pertes, il y a trop de fronts. Ils ne peuvent pas gagner en Afrique, en Russie, occuper l'Europe avec, en plus, les États-Unis sur le dos.

Elle savait que tout ça n'était que banalités, propos en l'air, mais cela faisait du bien de se persuader, il fallait y croire.

Elle marchait depuis quelque temps, tête baissée. Lorsqu'elle leva le nez, elle s'aperçut qu'ils avaient pris le chemin du théâtre. On apercevait déjà les arcades.

– Vous ne m'avez toujours pas dit pourquoi vous vouliez me voir.

Castellain cessa d'avancer majestueusement.

– J'ai une proposition à vous faire. Vous n'êtes pas obligée d'y répondre tout de suite, nous pourrions, si la chose vous intéresse, discuter les détails plus tard, et je ne veux surtout pas vous presser, mais...

Elle se mit à rire. Il paraissait tellement embarrassé, tellement maladroit et lamentable, un vieux prof trop étroit dans un trop grand parc, trop noir sur le vert tendre. Pourquoi s'habillait-il donc toujours de façon aussi lugubre...

– Allez-y carrément, dit-elle, nous nous connaissons depuis longtemps. Je suppose que vous n'allez pas me demander en mariage.

Il eut un rire de crécelle.

– Presque. Est-ce que vous accepteriez de travailler avec moi ?

– A Bligny ?

– A Bligny.

Ça, c'était la meilleure ! Qu'est-ce qui lui arrivait, au père Castellain ?...

– Mlle Montereau a pris sa retraite l'année dernière, dit-il, j'ai mis des annonces mais personne

185

ne s'est présenté. J'ai pensé que, peut-être, vous accepteriez de vous installer ici puisque...

– Pas question, coupa-t-elle, j'ai recommencé des études, et...

Castellain l'interrompit à son tour, elle en fut surprise : c'était le genre d'impolitesse qu'il ne se permettait pas d'ordinaire.

– Je vous en prie, ne décidez rien, je ne vous ai pas tout dit.

Élisa sentit l'énervement poindre en elle. Le petit homme sortit un trousseau de clefs de sa poche.

– Je veux vous montrer quelque chose.

– Quoi ?

– Venez. C'est au théâtre.

Il avait, cette fois, pris le trot. Sur ses tempes, ses cheveux clairsemés voletaient dans le soleil. Elle eut le temps, au passage, de saluer Gérard Marchand, dont le profil lui parut plus sibyllin que dans son souvenir.

Castellain fit jouer la serrure. Ils entrèrent.

– Qu'est-ce que c'est que cette histoire, murmura-t-elle, vous comptez donner des représentations ?

Le directeur ne lui répondit pas. Il l'entraîna à travers le hall. Elle le suivit.

Ils se trouvaient dans la salle, au dernier rang des fauteuils. Elle sentit le velours sous ses doigts.

Bizarrement, sous l'odeur coutumière, il y avait un parfum qu'elle n'avait jamais senti en cet endroit. De la soupe, une soupe aux poireaux plus précisément. Comment un théâtre pouvait-il sentir la soupe ?

Elle fit quelques pas dans la travée centrale en direction de la scène. La voix de Castellain monta derrière elle :

– Vous pouvez éclairer, ce n'est que moi avec l'amie dont je vous ai parlé.

Élisa s'arrêta. La scène venait de s'illuminer. C'était le même décor qu'elle connaissait : le banc, la roseraie, le château en perspective. Un homme sortit de derrière l'un des montants, il portait une veste d'intérieur, et son pantalon godaillait sur des pantoufles à carreaux. Ébloui par la lumière, il avait une main en visière au-dessus de ses yeux. Les cheveux blancs moussaient. Il s'approcha jusqu'à l'avant-scène, et elle le reconnut.

Simon Greisteyn.

Castellain vint se poster à côté d'elle et soupira.

– Voilà en quoi vous pourriez m'aider, dit-il. Il est difficile, dans les circonstances actuelles, de continuer à faire vivre ce sanatorium, à soigner et nourrir des malades. Aussi ai-je pensé à vous pour vous occuper de notre succursale.

Greisteyn s'assit sur la boîte du souffleur et eut

le sourire d'un homme qui a envie de tout, sauf de sourire.

– Le ravitaillement devient difficile, dit-il. Le potager ne suffit plus. M. Castellain ne vous a peut-être pas encore prévenue : nous sommes actuellement six ici. Nous dormons dans les loges, mangeons dans les coulisses et nous engueulons sur la scène.

Élisa s'assit doucement au premier rang des fauteuils, les jambes molles.

– D'autres vont venir, dit Castellain, nous sommes sur un radeau et l'orage gronde, tout ce qui surnage encore va tenter de s'accrocher.

– Et vous voudriez que je tienne le gouvernail avec vous ?

– Seul, je n'y arrive plus.

Le plus étonnant était le contraste entre la délicatesse des roses peintes sur les panneaux de toile et l'odeur robuste des poireaux. Au centre du jardin de théâtre, un vieux juif amaigri et malade... Où était le parfum des roses de septembre ?...

Elle se tourna vers son voisin.

– Je suppose qu'il est inutile que je vous rappelle que vous risquez votre peau.

Castellain avala avec difficulté. Manifestement, il évitait ce genre de sujet de réflexion.

– Inutile, dit-il.

– Et ça ne vous dérange pas que je risque la
mienne ?

Quand cesserait-il d'avoir cet air gêné du monsieur à qui l'on apprend que sa braguette est
ouverte ?

– Si, ça me dérange. Mais vous pouvez dire
non.

– Vous serez déçu si je dis non ?

Il baissa la tête et chercha une nouvelle cigarette dans sa poche.

– Un peu.

Il eut un soupir et tourna la molette du briquet.
L'odeur d'essence couvrit un bref instant celle de
la soupe.

– Enfin non, dit-il, beaucoup.

Élisa se mit à rire et étendit les jambes. Elle
croisa les mains sous sa nuque et eut l'impression
curieuse de se trouver exactement là où il lui
fallait être. Ici, je suis chez moi.

– Je vous rappelle que vous avez tout le temps
pour réfléchir, car en effet...

La voix s'estompe, une autre naît qui la recou-
vre, une voix de femme... elle vient de loin, d'un
autre temps.

« Je voudrais que vous quittiez mon fils. »

Pourquoi Marina Kaplan surgit-elle en cet instant ?

189

J'espérais l'avoir oubliée... Je l'ai quitté, ton fils, ma pauvre Marina...

– Je suis une fervente antisémite, dit-elle, je vais tous vous dénoncer à la Gestapo.

Castellain mit sa bouche en cul de poule et exhala une paresseuse et heureuse bouffée.

– Je savais que je pouvais compter sur vous, dit-il.

Le 14 septembre, le gouvernement de Vichy établit le Service du travail obligatoire. L'annonce en fut faite lors du bulletin d'actualités du soir, sur Radio-Paris.

Sylvain Kaplan reposa sa tasse sur le zinc du Balto, bistrot du boulevard Magenta, et remua sous ses semelles la sciure qui recouvrait le carrelage.

– Y vont nous sucer le sang jusqu'au bout, siffla le patron.

– Chut ! dit sa femme.

Elle se tenait devant la caisse et surveillait la rue avec nonchalance. On pouvait lire sur la vitre qu'« Ici, on peut apporter son manger ». La nuit tombait.

– Ils nous piquent le blé, le beurre, les œufs, le charbon, le fer, le bétail et les usines, et ça ne suffit pas, maintenant c'est le tour des travailleurs.

– Chut ! dit-elle.

– Si c'est pas malheureux, comme si ça suffisait pas qu'ils nous gardent des prisonniers...

Je ne peux qu'être d'accord avec lui sur ce point, pensa Sylvain.

– Vous êtes pas d'accord avec moi ?

Il était le seul client, fatalement c'était à lui que l'on s'adressait, Sylvain opina.

– Tout à fait.

– Chut ! soupira la femme.

Le patron s'accouda au percolateur et gifla le comptoir de deux coups de grasse serpillière.

– Vous occupez pas d'elle, dit-il, elle croit que la Gestapo est sous les tables, on est entre Français, non ?

Sylvain hocha la tête et ajouta de la saccharine liquide dans sa tasse. Dix ans de ma vie pour un vrai café.

– En tout cas, ils sont cuits, poursuivit le patron, et vous savez pourquoi ?

– Vous allez me le dire.

– Chut ! fit la patronne.

Le maître des lieux tapa lourdement des pieds sur le plancher et se mit à progresser derrière son comptoir comme s'il avait trente kilos de plomb dans chaque genou.

– La neige, dit-il.

Il regarda triomphalement Sylvain.

– La Russie, de la neige partout... dans un mois à peine, ça va tomber, un mètre, deux mètres, les Russes, eux, ils s'en foutent, ils sont habitués, mais les frisés, vous savez ce qu'ils font, les frisés ?

– Chut !

– Ils s'enfoncent.

Il avait pratiquement disparu derrière le comptoir. Seule la tête émergeait.

Un acteur, pensa Sylvain, un mime-né.

– Ils vont s'enfoncer jusqu'au cou, avec les bottes, le ceinturon, le fusil, le casque... vous avez vu leurs bottes ? Dix fois trop lourdes, ils sont foutus. Un bon hiver, et la guerre est finie.

Sylvain acquiesça en regardant le mur en face : loi sur la répression de l'ivresse publique. Des affiches de « Dubo, Dubon, Dubonnet » et de « Saint-Raphaël-Quinquina », des calendriers des postes superposés. Quatre exactement : 39, 40, 41, 42. Ça sentait le chat. Les tuyaux du poêle décrivaient un Z à travers la pièce.

– Et je parle pas des Américains, parce que les Américains, vous avez vu leurs usines ? Géantes, et vous savez ce qu'ils fabriquent ? Des bombes, et quand ils vont se mettre à les lâcher, qui c'est qui va les prendre sur la gueule ? Hitler.

– Chut !

Le patron s'accouda au bar. Il y avait eu une époque où les étagères, derrière lui, étaient emplies de bouteilles. Il ne se retournait jamais pour ne pas les voir vides. Une question de sauvegarde du moral.

– En tout cas, leur Travail obligatoire, je peux vous dire qu'ils vont pas avoir beaucoup de clients, les types vont se planquer pour pas y aller. Y z'auront raison parce que, s'ils y vont, pas question d'en revenir.

– Si, dit Sylvain, on peut.

Il devina que la tête de la patronne se tournait vers lui.

– Pourquoi vous dites ça ?

– Parce que j'en viens.

Ça sentait vraiment le chat. Il devait avoir sa caisse près des escaliers de la cave. Sylvain but les dernières gorgées et reposa sa tasse.

– D'Allemagne ?

– J'étais prisonnier. Stalag d'Altengrabow. Soixante kilomètres de Magdebourg. J'ai fait trois mille kilomètres en dix-sept jours. Wagon de marchandises et passage des frontières à pied.

Le patron passa un doigt précautionneux sur sa moustache. Sylvain eut l'impression qu'il cherchait à savoir si elle était toujours là.

– Baisse le rideau, Maman, dit-il.

Il plongea la main sous le comptoir et en sortit une bouteille de vieux marc.

– Jour sans alcool, dit-il, mais pas pour les évadés. Tu vas nous raconter tout ça.

Ils s'installèrent devant un guéridon.

– Prends la banquette, dit le patron, c'est plus confortable.

Sylvain crut entendre ses nerfs se mettre à miauler comme des cordes de guitare.

Pas une seule seconde il n'avait cru qu'il allait réussir.

Il avait quitté le camp, tentant de se persuader qu'il s'offrait une escapade, qu'il essaierait de la rendre la plus longue possible, mais qu'il serait repris. Si cela arrivait, il connaîtrait la prison mais aurait respiré quelques jours des bouffées d'air libre. Il avait pris le risque.

Ils étaient quarante-cinq mille prisonniers. Les baraquements couvraient les plaines du Brandebourg. Il faisait partie du commando de terrassement, conduisait douze heures par jour un rouleau compresseur et avait dû avaler, tant en soupe qu'en ragoût, quelques tonnes de chou-rave. En deux années de captivité, il avait lu la quasi-totalité des livres de la bibliothèque, avait eu deux angines l'hiver dernier, et avait applaudi Maurice Chevalier venu leur chanter qu'ils étaient « d'excellents

Français ». Comme tous en étaient convaincus, le succès avait été sans surprise.

Dans le cours du mois d'août, la chaleur fut intense et il se mit à rêver plus encore que d'ordinaire à la fraîcheur des quais de Marne et à la douceur moussue des roses de Bligny. Une rivière : sa mère. Une fleur : la femme qu'il aimait. Il décida d'aller les retrouver.

Il avait lutté un temps contre le souvenir d'Élisa. Il avait volontairement cessé de lui écrire. La guerre pouvait s'éterniser, il voulait qu'elle soit libre de connaître d'autres amours, l'Histoire les séparait. Dans le tremblement des blés de l'été qui semblaient filer plein nord vers les premières vagues de la Baltique, le visage de la jeune femme s'était dilué dans la lumière blanche... Des excavations creusaient le sol lourd, les routes coupaient les champs, il s'était abruti de travail. Et puis, avec les pluies d'automne, elle était revenue au hasard des rêves et des rêveries, une silhouette dans le parc, blottie sur le fauteuil de ce théâtre où il l'avait rencontrée pour la première fois. Certains matins de décembre, il soufflait sur la laine de ses gants pour en chasser la glace, et la terre ferreuse où dormaient les corbeaux ne lui parlait que d'Élisa : elle était partout, dans la colline éventrée, dans le violet des nuages, dans le cristal des mares gelées...

Il avait décidé de partir. Il y avait peu d'évasions, la plupart de ses camarades qui la tentaient étaient repris, certains avaient disparu au-delà des frontières de l'Ouest.

Il avait réfléchi, préparé un plan sans rigueur pour laisser leur place au hasard, à l'improvisation, et avait tenté un coup d'entrée, un coup d'artiste : il avait pris la direction de Berlin. La route opposée. Deux jours dans le triage de la gare, un train de machines-outils l'avait emmené à travers la Westphalie jusqu'en Hollande, il avait dormi dans les faubourgs de Nimègue sur les bords du Rhin, dans des barques goudronnées ; les roseaux se balançaient la nuit, crissant dans un duel d'épées froissées. Il avait suivi la Meuse, pénétré en Belgique par Liège et Charleroi, des trains encore, des autocars, un camion à gazogène, et voilà que c'était Paris par la porte des Lilas... Ce n'était pas gagné encore, mais comme c'était bon, les rues, les affiches sur les colonnes Morris et les frontons de cinémas, *L'Assassin habite au 21*. Comment cette ville s'y prenait-elle pour rendre vif l'air qui la traversait ? C'était un don, une magie. A Ménilmontant, qu'il avait traversé au matin, les rues dégringolaient, culbutant de la colline.

Sylvain parla plus d'une heure.

Dans le café éclairé par une ampoule de vingt-cinq watts pendue au bout d'un fil torsadé, les

visages de ses deux interlocuteurs se peuplaient
d'ombres indistinctes.

– Et maintenant, où tu vas aller ?

Surtout pas chez lui. Des gendarmes devaient
rôder autour, et puis, peut-être sa mère n'y était-
elle plus, beaucoup de juifs étaient arrêtés. Elle
s'était mise à l'abri, certainement. Sa dernière
lettre datait d'un mois... un peu plus.

– A la campagne. Je dois passer voir une amie,
à une trentaine de kilomètres au sud de Paris.
Elle m'aidera.

Peut-être n'y est-elle plus... une autre adresse...
je demanderai, je la retrouverai, c'est pour toi que
j'ai fait ce voyage. Deux ans, Élisa, deux ans.

– On a un lit-cage à la cave, dit le patron, si tu
veux passer la nuit, c'est bon, tu partiras demain
matin, après la levée du couvre-feu.

Sympathiques, pensa Sylvain, Maurice Chevalier a raison, il y a d'excellents Français.

– Ça sera vingt francs, dit le patron, c'est pas
luxueux, mais ça les vaut.

Sylvain tâta la doublure de sa poche. C'était le
dernier billet. La fatigue était là, palpable, elle
faisait bouger les murs et ondoyer les visages.
Salauds.

– D'accord, dit-il.

– Je vous descendrai de la soupe, dit la femme,

avec du fromage. Zéro pour cent de matière grasse, mais c'est du fromage.

Demi-salauds.

Qu'est-ce que c'était que des demi-salauds ? Des moitiés de braves gens ?

Dehors, la nuit doit être venue, elle dérivera, lorsqu'elle aura submergé la ville elle atteindra les forêts et franchira les murs du sana – as-tu changé de chambre ? –, elle posera alors sur tes yeux d'or une main sombre et tu t'endormiras...

A bientôt, Élisa.

A Bligny, toutes les lumières se sont éteintes, sauf une.

Elle provient d'une lampe à huile dont la clarté pâlichonne dessine les contours de la scène du théâtre des chaises longues.

Autour de la table, ils sont quatre, assis sur quatre tabourets devant quatre assiettes contenant chacune quatre cuillerées d'épinards. Alentour, les ténèbres sont épaisses, on devine cependant le rideau qui a été tiré sur la salle, pour éviter les courants d'air.

Mme Zackman s'est couchée avant les autres. La migraine, comme toutes les fins de semaine. En fait, elle supporte de plus en plus mal les discussions, qu'elle juge de plus en plus filandreuses au fil des jours qui passent. Sarah Zackman, sa fille, l'a accompagnée, elle lit Pierre Loti dans la collection pourpre que Mlle Élisa lui sort en douce de la bibliothèque. Elle termine *Le Roman d'un spahi* sous les couvertures, en se servant d'une lampe électrique. La pile faiblit et il n'y en aura pas d'autre, on n'en trouve plus dans les quincailleries. Elle aime bien ce roman, même si elle trouve qu'il manque de femmes. Si un jour elle écrit, elle leur donnera beaucoup plus d'importance.

Simon Greisteyn étrenne une tête toute neuve. Il s'est coupé les cheveux tout seul dans l'après-midi, et son crâne semble avoir réduit de moitié. Il écoute d'une oreille plus que distraite François de Bazelière, aristocrate homosexuel ayant accueilli, dès le mois de juillet 1942, un neveu éloigné qui avait transformé le manoir de Bazelière en boîte aux lettres de la Résistance. Il avait, de surcroît, installé dans les combles un poste émetteur qui lui permettait de converser non seulement avec Londres, mais avec toutes les organisations clandestines de la Résistance française. Trois semaines plus tard, Milice et Gestapo fondaient de concert sur la tricentenaire demeure, François s'en sortait de justesse et avait pensé, pour se cacher, à son vieux copain de lycée, Castellain, qui ne lui refuserait pas l'hospitalité.

Castellain n'avait pas refusé et, depuis, de Baze
lière brisait les oreilles de la petite communauté.

– Dans le cadre républicain des années 30,
l'aristocratie ne pouvait être prisée, pour des raisons différentes et quelquefois incompréhen-
sibles : la pédérastie ne l'était pas davantage.
Étant atteint des deux, et cela depuis ma naissance, j'étais mal parti sur le chemin de la vie.

Joseph Meyer mastiquait longuement la purée
verte, sans se décider vraiment à l'avaler.

– J'ai soigné un très grand nombre d'homo-
sexuels, dit-il, la plupart refusent de parler de leur
état, une faible partie aiment se raconter. Vous
appartenez indubitablement à la seconde catégorie.

– Pour notre malheur, soupira Greisteyn.

Andrea Meyer regarda son mari en souriant. Il
avait, pendant dix-sept ans, dirigé le département
de psychiatrie à la Salpêtrière, et n'avait plus
quitté son brassard de deuil depuis le 23 septembre 1939, jour de la mort de Sigmund Freud.

– Mon cas est particulier, dit François de Bazelière, il devrait intéresser une sommité médicale
comme vous, professeur Meyer, et même M. Greisteyn qui fait semblant de ne pas m'écouter.

– Il est facile de ne pas vous écouter, mais impossible de ne pas vous entendre, dit Simon.

– Donc, ma mère m'a appelé Elvira jusqu'à ma

première année de baccalauréat, et fait réaliser un portrait me représentant en crinoline et boucles anglaises, une toile peinte par un escroc qui se faisait passer pour Van Dongen.

– Passez-moi le sel, dit Simon Greisteyn, je ne pense pas que cela suffise à vous interrompre, mais passez-moi le sel.

De Bazelière tendit la salière.

– Cela explique, je suppose, les difficultés rencontrées dans mon adolescence pour me choisir des activités de délassement. J'étais partagé entre le désir de devenir haltérophile et l'envie de me perfectionner en peinture sur soie.

Andrea Meyer se mit à rire. Elle aimait les excentricités élégantes du vieil homme, cela changeait des discussions sans fin sur le déroulement des actions militaires en Europe, Afrique et Pacifique, des mérites comparés de Rommel et de Montgomery et de l'utilité des bombardements à haute altitude, sans compter les échanges des tristes recettes sur les cent mille façons d'accommoder les aubergines et autres rutabagas...

– Quant à mes projets professionnels, je me rends compte à présent qu'ils avaient des aspects opposés, je voulais être infirmière bénévole le jour et fort des halles la nuit.

– C'est trop beau pour être vrai, coupa Meyer,

je vous soupçonne d'être de loin le plus équilibré d'entre nous.

Il ingurgita la dernière bouchée, reposa sa fourchette et se dit que, depuis son réveil ce matin, il n'avait cessé de penser à la cigarette qui l'attendait en cette fin de repas. Le moment était venu. Un jour, après la guerre, il écrirait un essai sur les implications psychologiques du tabac..., Freud fumant jusqu'à quatorze cigares par jour.

– Je sors, dit Andrea Meyer, tu viens avec moi ?

Le professeur hésita. Fumer en plein air était agréable, mais l'air attiserait la combustion, le plaisir serait raccourci. Ici, il pourrait voir monter la fumée droit, vers les cintres ; ce serait plus lent, plus intime... Il y aurait le cérémonial de l'allumette, il se renverserait sur sa chaise... bien-être et nicotine.

– Je te laisse y aller seule.

Les seules sorties possibles des habitants du théâtre étaient nocturnes. Castellain et Élisa avaient bien insisté là-dessus : il ne fallait surtout pas que les malades s'aperçoivent d'une présence humaine dans ce coin du parc. Toutes les portes demeuraient fermées, les clandestins possédaient une clef qu'ils ne devaient utiliser que lorsque tout dormait pour prendre l'air en ne s'éloignant pas trop sous les arbres.

Élisa et le directeur ne pénétraient dans le

théâtre qu'avant l'aube, ou tard le soir pour le ravitaillement, évitant de se montrer dans cet endroit du parc. On parlait de dénonciations, la plupart des journaux les encourageaient, il fallait être très prudent.

Andrea Meyer fit jouer la clef dans la serrure et, tout de suite, le parfum du feuillage emplit ses narines. Elle croisa davantage son gilet sur sa poitrine et sortit dans le silence. Le vent était tombé et rien ne bougeait. La fraîcheur montait de l'herbe : la saison changeait, l'été s'achevait. Les jours gris allaient venir.

Elle sentait derrière son dos la masse protectrice du théâtre. Rien ne pouvait leur arriver s'ils prenaient toutes les précautions ; s'ils faisaient très attention, ils pourraient attendre là la fin de la guerre. Aucun Allemand n'était jamais venu, pourquoi viendraient-ils ? Dehors, au-delà des murs qu'elle devinait dans l'immobile danse de la lune, la chasse était lancée.

A vingt-quatre heures près, les Meyer avaient failli être cueillis dans leur immeuble de la rue Servandoni. C'était l'un des anciens assistants de son mari qui les avait renseignés : une rafle allait avoir lieu... pas le temps de prévenir la famille. Pour les cacher, le professeur avait pensé à Castellain. Depuis, ils vivaient là... cela allait faire trois mois.

Il lui sembla entendre un bruit sur sa droite et elle tourna rapidement la tête.

Rien.

La peur monta. Un insecte grattait dans son ventre, il allait grandir, grossir. La peur était une araignée, noire et rapide, imprévisible dans ses attaques.

De l'endroit où elle se trouvait, elle ne pouvait rien voir. Il fallait contourner l'angle du mur, se pencher.

Son cœur manqua une marche : il y avait un homme devant elle, à moins de deux mètres. Il lui parut naître de la nuit.

Élisa n'arrivait pas à dormir.

Un nouvel hiver de guerre se préparait. Même en supposant qu'il ne soit pas glacial, comment pourraient-ils tenir tous les six ? La petite Sarah Zackman avait l'air fragile. Il y avait un chauffage central dans le théâtre, mais pas question de le mettre en route, le charbon avait servi l'an dernier à entretenir tant bien que mal la chaudière du sana. Il faudrait introduire des poêles dans les loges pour la nuit, regrouper davantage les réfugiés, apporter de nouvelles couvertures. Castellain se débattait avec le ministère, multipliant les demandes.

Pourquoi avait-elle accepté ? Elle le regrettait par instants. La vie à Paris lui manquait ; elle aurait pu continuer à errer dans les bibliothèques feutrées à la recherche d'ouvrages au papier jaunissant. Sous les plafonds à caissons d'amphithéâtres dégarnis, elle aurait pu écouter la voix d'un professeur lui révéler des vérités confirmées sur des sujets lointains, elle aurait acquis de précises et précieuses connaissances. Elle aurait continué ses balades en bord de Seine, la montée jusque chez elle par les rues familières : Faubourg-Montmartre, Saint-Georges, Pigalle, la rue des Martyrs... Quelques boîtes avaient fermé, des troufions allemands traînaient leurs bottes sur les trottoirs d'un Paris morne. La nuit avait perdu ses lumières comme le jour ses couleurs, mais elle aimait ce monde refermé. Elle s'y était trouvée agréablement prisonnière.

Au lieu de cela, elle avait accepté l'invitation de Castellain. Résultat : elle passait ses journées à travailler au secrétariat du sanatorium, remplissant les demandes, dressant les budgets et, la journée achevée, il lui fallait s'occuper des clandestins.

Le professeur et sa femme ne posaient aucun problème, de Bazelière était un vieil original, drôle parfois, énervant souvent ; jusqu'à présent, les autres l'avaient supporté, même Greisteyn. Le vieux Simon avait enfin compris que ses titres de soldat de 14-18 ne suffisaient pas à le protéger et avait dû, ulcéré, plonger dans la clandestinité. Sarah était adorable. Sa mère était la plus inquiétante, la plus dépressive. Si les choses se prolongeaient encore, il n'était pas sûr qu'elle tienne : la vie en collectivité lui paraissait insupportable. Meyer venait de lui en parler, il craignait qu'elle ne décidât de partir brusquement, un coup d'éclat, comme une pulsion de fuite qu'elle ne pourrait surmonter...

Comment les nourrir tous avec le rationnement de jour en jour plus sévère ? La farine, en particulier, devenait introuvable. Il faudrait aller au ravitaillement dans des fermes... Castellain était inquiet ; il avait tendance à se noyer dans un verre d'eau, mais il avait remarqué que l'une des infirmières du pavillon des hommes était une pétainiste convaincue qui ne cachait pas ses sentiments anglophobes, particulièrement après chaque bombardement. Il ne fallait surtout pas qu'elle s'aperçoive de quelque chose...

Élisa se leva à tâtons, vérifia si les rideaux de sa fenêtre étaient bien tirés, et alluma sa lampe de chevet. Elle n'avait même pas eu le temps de lire le journal, elle avait vaguement entendu des malades parler d'exécutions d'otages, suite aux attentats qui venaient d'avoir lieu contre deux Kommandanturs.

Elle déplia les feuilles et les referma dans le même mouvement.

On venait de frapper à sa porte.

Machinalement, elle regarda sa montre : il était onze heures cinq.

Castellain ? Venir si tard ne lui était jamais arrivé, mais il pouvait y avoir un danger. Lequel ? Si l'un des six s'était montré dans le parc et avait été vu, cela suffirait à rameuter toute la Gestapo du IIIe Reich !

Elle se leva. On frappa à nouveau : trois coups retenus mais fermes.

Elle colla son oreille contre le battant.

– Qui est-ce ?

– Adolf Hitler.

La voix. Je la reconnaîtrais du fond de l'enfer.

Elle s'agrippa au loquet. Maîtrise-toi. Si ce n'était pas lui, tu en mourrais. Il fallait être sûre.

– Qui est-ce ?

– Sylvain Kaplan.

Elle ne se souvint jamais d'avoir ouvert la porte.

Il était là, ce fut une chaleur subite, une étreinte oubliée, des mains courant dans ses cheveux, les larmes s'écrasant sur un veston arraché, des lèvres meurtries... tant d'heures, Sylvain, tant d'années perdues... Ils atterrirent sur le lit, soudés l'un à l'autre. Il manqua se fracasser le crâne contre le montant, jura, s'empêtra dans ses lacets tandis qu'elle lui dévorait l'oreille, se mélangea dans ses boutons et éjacula avec son caleçon dans la main droite et une chaussette dans la gauche. Elle se rua sur lui, et ils basculèrent sur la descente de lit, hors d'haleine.

– Deux ans que je ne pense qu'à ça, souffla-t-il, et voilà le résultat. Je rentre au stalag.

– Essaie, dit-elle, essaie seulement de bouger un cil.

Il eut une envie brutale de pleurer et enfouit son visage dans la veste froissée du pyjama. Elle le tenait et attendit que la tempête s'apaise... qu'est-ce qui coulait avec les larmes ? qu'est-ce qu'il chassait de toute la force de ses sanglots ? Il se dégagea, renifla, sourit :

– Tu es guérie !

– Stabilisée. Tu t'es évadé ?

– Je leur ai dit que j'avais une femme à voir. Ils m'ont offert des fleurs en partant.

Ils parlèrent jusqu'à ce que l'aube se lève. Il lui raconta l'Allemagne, les chantiers, les quignons de pain partagés à l'arrière des bulldozers, le coup de chance à l'arrivée à Altengrabow, pendant la visite médicale, lorsqu'il s'était trouvé à poil devant le toubib allemand. Le type avait une tête de brute. Il avait soulevé avec un crayon le sexe de Sylvain.

– Phimosis ?

Sylvain avait acquiescé et s'était retrouvé dans la file des prisonniers aryens. Le type lui avait sauvé la vie. Il ne l'avait jamais revu, n'avait jamais su pourquoi..., c'était ainsi, un acte au cours de la guerre, peut-être réfléchi, peut-être sans raison, une mort évitée délibérément ou par lassitude, comment savoir ?

– Et le copain dont tu me parlais, le footballeur ?

Ils avaient été séparés, il avait eu des nouvelles quelques mois auparavant, il était en commando, une section de déboisage, dans le nord de la Pologne, près de la frontière russe, des jours entiers à abattre des arbres : comme elle était loin, la porte de Clignancourt !...

Elle lui raconta tout à son tour, la mort d'Henriette, son retour à Bligny, les clandestins du théâtre. Il lui parla de sa mère, il n'avait plus de nouvelles, il avait peur pour elle, elle était peut-être déjà arrêtée, il avait entendu parler de convois de juifs, personne n'en connaissait la destination... Quant à Joséphine, elle bricolait des décoctions à base d'ailes de papillons. Elle broyait les élytres. Élisa lui avait demandé pourquoi :

– Tu as déjà vu un insecte tuberculeux ?

Raisonnement solide. C'est vrai qu'il était difficile de voir tousser des libellules. Joséphine en concluait que, les insectes résistant mieux que les humains aux bacilles, il y avait en eux des toxines leur permettant de les détruire. Cette fois, elle avait la bonne solution.

Ils firent l'amour trois fois, eurent une demi-douzaine de fous rires, achevèrent un pot de confiture à la petite cuillère, et il s'endormit instantanément dès qu'elle eut refermé la porte derrière elle : il avait parcouru, la veille, près de quarante kilomètres à pied, depuis son bistrot du boulevard Magenta.

D'un pas aérien, elle se rendit directement aux appartements de Castellain. Elle avait l'impression de ne pas même effleurer le sol. Elle sonna. Le directeur apparut, il portait son habituel et désespérant costume-cravate et des pantoufles. Il tenait à la main un bol de faux café où nageaient, mélancoliques, des bribes de biscuit de soldat. Elle entra en sifflotant et se tourna vers lui, radieuse.

Il s'assit lentement sans la quitter des yeux.

– Laissez-moi deviner, dit-il. La guerre est finie ?

– Pas tout à fait.

– Laval s'est suicidé ?

– C'est beaucoup plus personnel que ça.

Il posa son bol sur la commode de chêne blond qui lui venait de sa mère et ouvrit son étui à cigarettes. Depuis un mois, il se les fabriquait lui-même en mélangeant le restant des vieux mégots à un hachis de feuilles de tilleul séchées, roulées dans du papier de marque Zig-Zag. L'odeur nauséabonde imprégnait jusqu'aux tentures des murs.

– Expliquez-moi.

– Un nouveau pensionnaire au théâtre, dit-elle.

Castellain se passa une main circonspecte sur le haut du crâne. Il avait depuis quelque temps l'impression qu'il perdait ses cheveux et appréhendait la calvitie.

– Juif ?

– Pire que ça. Nous avons en même temps affaire à un prisonnier évadé.

Castellain hocha la tête. Il se mit à fumer et contempla sa cigarette avec une surprise teintée de reproche.

– J'oublie à chaque fois combien c'est infect, dit-il. Je ne doute pas que vous preniez notre cause à cœur, mais je n'arrive pas à comprendre pourquoi ce nouveau venu vous apporte une telle joie.

– J'ai de fortes raisons de croire que c'est l'homme de ma vie.

Castellain aspira longuement, lâcha un rond de fumée, et eut l'air triste.

– Grosse déception, je croyais que c'était moi.

211

Élisa rit, se pencha et l'embrassa sur les deux joues.

– C'est vous, tout de suite après.

– Voilà qui est réconfortant. Vous croyez qu'il va s'entendre avec les autres ?

– J'en suis sûre.

– Parfait. Je vous laisse vous occuper de son installation.

Il la regarda sortir. Même après son départ, il subsistait dans la pièce un air plus vif, un arrangement plus dynamique des molécules de l'air. Cette fille avait le don de bousculer les atomes. Castellain tira une nouvelle bouffée. S'il avait été plus grand, moins moche, plus audacieux, moins timide, plus intelligent et moins vieux, il aurait tenté sa chance avec elle. Elle était la force, la joie, la tendresse, la jeunesse et la beauté. Cela faisait quand même beaucoup, surtout pour lui.

Le soir venu, Élisa présenta Sylvain à ses nouveaux compagnons. Il sembla leur faire bonne impression, en particulier à François de Bazelière qui retint longuement sa main dans la sienne.

– Vous ressemblez étonnamment à un mien aïeul, le général Horace de Bazelière, blessé à Eylau, à Austerlitz et à Echlingen. En fait, il a été blessé partout. Il a stupéfié la Grande Armée par sa virtuosité dans la maladresse : il est mort de la gangrène après s'être coupé en nettoyant son propre sabre. Je suis ravi que vous soyez acteur, j'aurais aimé l'être moi-même. Nous parlerons théâtre.

Sylvain serra les mains, embrassa Sarah et raconta guerre et captivité avec bonne humeur et faconde. L'arrivée d'un nouveau dans la petite troupe transformait l'atmosphère. Même Mme Zackman sentit à plusieurs reprises ses lèvres s'étirer en un rapide sourire.

Lorsqu'il eut terminé, Greisteyn pencha vers lui un visage préoccupé.

– Qui vous a donné l'adresse de cet endroit pour vous y cacher ?

Sylvain comprit son inquiétude. Elle était celle de tous les autres : depuis que la question avait été posée, ils ne le quittaient plus des yeux.

– Je voulais retrouver Élisa Marin, dit-il, je n'étais même pas sûr qu'elle soit là, c'est vous, madame Meyer, qui me l'avez appris. Pardon encore pour la frayeur que je vous ai causée.

Joseph Meyer hocha la tête :

– Bienvenue au club, dit-il, j'espère que vous n'aurez pas trop de mal à nous supporter.

François de Bazelière fit un effet de torse.

– Je suis le pire de tous, dit-il, il m'arrive, à force de parler, de m'abasourdir moi-même... le phénomène est d'autant plus curieux que ça ne m'empêche pas de continuer...

Ils se séparèrent vers minuit, chacun regagnant sa loge. Sarah Zackman partit avec sa mère et revint brusquement sur ses pas.

– Vous connaissez des poèmes ?

– Quelques-uns, dit Sylvain.

– Vous pourrez en réciter ?

– Si ça te fait plaisir.

– Moi, j'en sais beaucoup, j'en ai écrit aussi, mais je ne les dis jamais car je n'ose pas.

Il regarda les yeux sombres. Ce n'étaient plus des yeux d'enfant.

– Tu as raison, dit-il, mais si tu veux me les montrer, je les apprendrai, et si tu es d'accord, je les dirai aux autres, moi ça ne me gêne pas, c'est mon métier.

Le petit visage se baissa.

– On verra, dit-elle, bonsoir monsieur.

Il eut envie de lui dire qu'elle pouvait l'appeler Sylvain, mais pensa que cela serait trop pour une première rencontre.

Il trouva la clef à l'endroit indiqué et sortit du théâtre. Élisa devait l'attendre depuis longtemps déjà. Il reviendrait avant l'aube. Roméo de chaque aurore.

Elle guérie. Lui libre. Dieu existait.

Gisèle Montbrun ne toucha pas aux rideaux. Surtout ne pas les soulever. Elle avait lu des romans où les gens se faisaient prendre parce qu'ils soulevaient leurs rideaux. A travers les voilages, elle vit la fille revenir vers la grille, s'éloigner puis revenir.

– Ne bougez pas, dit-elle, elle va se lasser et partir.

Plaquée contre le mur, entre le buffet Louis XIII et la cuisinière à charbon, Marina Kaplan piétinait.

– Vous êtes sûre qu'elle est seule ?

– Les autres doivent être cachés quelque part.

– Il y a une voiture ?

Gisèle se pencha. Le chemin était vide.

– Non.

Bizarre. Que ce soit la Gestapo ou les gendarmes, ce beau monde se déplaçait en voiture.

Trois semaines auparavant, ils avaient bloqué la rue pour la rafle. Coup de chance, Marina s'était rendue à Alfortville pour acheter des chaussures. Lorsqu'elle était revenue, ils étaient repartis, et elle s'était réfugiée chez Gisèle Montbrun. Ex-dompteuse de fauves au cirque Léopold, elle habitait à l'autre extrémité de la sente.

– Qu'est-ce qu'elle fait ?

– Elle cherche.

Marina se décolla du mur. Il fallait qu'elle sache. Les Allemands n'auraient pas envoyé une femme seule à la recherche de juifs.

– Laissez-moi voir.

Par la fenêtre, au-dessus de l'évier, on pouvait apercevoir le plan de la rivière et les pavillons alignés en bordure des berges. Le dernier était le sien. Elle vit la silhouette entre les branches noires des noisetiers.

Une femme mince, un manteau noir, elle portait un turban sur les cheveux. C'était la mode, ça, les turbans, impossible de savoir si elle était blonde ou brune. Qu'est-ce qu'elle voulait ?

Elle disparut de sa vision. Elle allait sans doute faire le tour de la maison, longer le grillage du jardin, voir si elle ne se trouvait pas à l'arrière, près de l'appentis.

– Vous êtes sûre de ne pas la connaître ?

– Je ne l'ai pas assez bien vue pour le dire, mais je ne crois pas.

Gisèle Montbrun eut un air entendu.

– Ils envoient des femmes, ça attire moins l'attention, c'est un coup classique.

Gisèle avait deux amours dans sa vie, les romans policiers et les lions. Elle lisait les premiers et racontait les seconds à Marina. Quatre lions qu'elle avait trimbalés sur toutes les routes de France entre 1923 et 1939. Il y avait des photos suspendues sur tous les murs, de la chambre à l'étroit corridor. En costume à paillettes et Stetson neigeux, elle gratouillait la crinière d'un fauve ramassé sur un tabouret ou brandissait des cerceaux enflammés à travers lesquels sautaient des bêtes aux yeux blasés. Chaque soir, après son deuxième rhum Négrita – la réserve s'épuisait –, elle remontait les fils du souvenir, du coup de patte qui lui avait ouvert la cuisse un soir à Saint-Brieuc jusqu'à sa rencontre avec Gina Manes, en matinée à La Rochelle... Et puis, la guerre avait tout arrêté, elle avait vendu les fauves, elle aurait bien gardé Rigolo, mais comment lui aurait-elle trouvé ses dix kilos de bifteck par jour ? De plus, un jardin, en bord de Marne, c'était pas un coin pour un roi de la savane, sans compter qu'il commençait à avoir des rhumatismes, et que l'humidité n'aurait rien arrangé, comme pour elle d'ailleurs... Adieu, le cirque Léopold, il restait une affiche dans le salon. Elle tenait tout un mur. On la voyait en danseuse hindoue, allongée sur ses bêtes rugissantes. Les lettres flambaient : Giséla Livingstone et ses lions. C'était une idée du patron, ça, Livingstone, il avait trouvé que ça faisait africain...

Marina tressaillit.

– La revoilà.

La visiteuse venait de réapparaître dans l'allée. Elle fit quelques pas, se retourna encore vers la maison et descendit dans leur direction.

– Attention. Elle vient par ici.

Gisèle recula, entraînant sa protégée, mais Marina résista.

Quelque chose dans la démarche... elle avait déjà rencontré cette fille.

– Il me semble que...

Elle approchait. Elle passerait devant les fenêtres et prendrait le pont pour retrouver la route.

Élisa pressa le pas. La maison était vide. Ou bien Mme Kaplan avait été emmenée, ou bien elle avait eu le temps de s'enfuir. Comment le savoir ? C'était un trop grand risque de frapper à l'une des maisons voisines, elle n'avait pas intérêt à trop attirer l'attention sur elle. Avec sept personnes recherchées dans son placard, il valait mieux se tenir tranquille. Sylvain avait voulu venir avec elle, elle avait eu du mal à l'en dissuader.

Elle perçut les deux coups secs : un index replié heurtant une vitre.

Elle tourna la tête. Cela venait du pavillon en contrebas de la route. Un rideau sembla bouger derrière l'une des fenêtres. Élisa s'arrêta. Elle ne distinguait rien dans les reflets des carreaux. Il y eut un bruit de serrure et la porte s'ouvrit.

Élisa ne connaissait pas la femme qui se tenait sur le seuil. Les cheveux étaient décolorés à l'eau oxygénée, elle affleurait, à vue de nez, les quatre-vingt-dix kilos, et était enveloppée dans un peignoir à ramages bourrés de perroquets et de fleurs épanouies et exotiques. Sur son flanc gauche, un toucan au bec jaune lissait des plumes indigo.

– Vous cherchez quelqu'un ?

Élisa s'approcha de la grille, les barreaux étaient rouillés et le jardinet présentait un fouillis conséquent : un échafaudage de vélos sans roues et de barques éventrées en occupait la majeure partie, les avoines folles avaient envahi le reste. La maison donnait l'impression de glisser doucement dans la vase des berges.

– Une amie. Marina Kaplan.

– Entrez.

Élisa hésita. Manque de prudence... cette femme pouvait très bien camoufler des policiers en planque, mais il était trop tard pour reculer. Les allées étaient envahies par les orties, et elle dut zigzaguer à travers les ronces.

Elle pénétra dans le couloir et, avant que la porte ne se soit refermée derrière elle, Marina surgit.

Les regards... une question trembla dans celui de la vieille dame.

– Sylvain s'est évadé. Il est en sécurité.

Élisa vit les yeux se noyer lentement. Marina luttait pourtant, les pupilles tentaient de surnager comme un nageur épuisé.

– Vous ne devez pas pleurer, dit Élisa. Il ne risque rien.

Marina eut une dénégation rapide.

– Je suis heureuse mais ce n'est pas pour ça.

– Pour quoi alors ?

Elle sembla à Élisa plus petite que la dernière fois qu'elle l'avait vue, le jour du pique-nique dans le parc.

– Je n'aurais pas dû vous dire ce que je vous ai dit...

– Vous n'allez pas rester plantées dans le couloir, dit Gisèle Livingstone.

– Je ne vous en ai pas vraiment voulu, vous ne pouviez pas savoir que je guérirais.

Marina embrassa la jeune femme.

– Vous avez le nez froid, dit-elle.

La maîtresse de maison intervint.

– On va se servir un petit Négrita contre l'émotion, dit-elle, après je m'échapperai avec délicatesse pour vous laisser bavarder.

– Gisèle est une amie, dit Marina. Elle a été longtemps dompteuse.

Elles pénétrèrent dans le salon. Élisa s'installa sur le divan, face à l'affiche.

– Je vois ça, dit-elle.

L'alcool lui brûla l'œsophage sur toute sa longueur. Fidèle à sa promesse, Gisèle Montbrun s'éclipsa. Élisa raconta l'essentiel. La camionnette du sana serait au pont de Charenton dans moins d'une heure, elle devait l'accompagner et s'installer là-bas, la cachette était sûre, davantage de toute façon que celle où elle se trouvait actuellement, si près de chez elle. Marina se leva, disparut et revint avec sa valise faite. C'était celle que Sylvain avait refusée pour partir à la guerre.

Élisa et Marina Kaplan quittèrent les bords de Marne une demi-heure plus tard. Longtemps, la jeune femme devait se souvenir de cette créature blond oxygéné, au milieu des taillis de son jardin encombré des bords de l'eau, cernée de fauves fantômes bondissant autour d'elle sous des projecteurs disparus ou solitaire devant la grande affiche de son étroit salon, dans la tombée successive des jours.

Et c'est ainsi que Bligny s'enrichit d'une nouvelle habitante cachée.

François de Bazelière décida, dès la première seconde, de faire à Marina une cour décente, et chercha à l'éblouir de ses propos, lui assurant que c'était dans le château de ses ancêtres que Louis XIII féconda Anne d'Autriche au cours d'une de ces escapades dont les rois étaient coutumiers ; il alla même jusqu'à prétendre que c'est en se penchant du haut des remparts donnant sur le ruisseau que Schubert, en vacances en Normandie, composa *La Truite*.

Marina, l'ayant écouté, dut prendre de l'aspirine pour la première fois de sa vie. Elle entama, dans les semaines qui suivirent, en compagnie de Mmes Meyer et Zackman, un détricotage général et triangulaire. L'une défit un gilet pour faire des chaussettes, l'autre des chaussettes pour monter un bonnet, l'autre un passe-montagne pour un autre passe-montagne plus enveloppant... Castellain et Joseph Meyer comparaient les mérites des feuilles de platane séchées et du vert de poireau broyé comme ersatz de tabac, sans pouvoir tomber d'accord. Simon Greisteyn inculquait à Sarah les rudiments de l'algèbre et s'embrouillait dans ses explications mathématiques, il avait toujours eu tendance à mélanger le plus petit commun multiple avec le dénominateur commun. Sylvain aidait sa mère à accommoder les courgettes, et retrouvait chaque nuit Élisa dans sa chambre du sana. Ils écoutaient Radio-Londres et apprirent le 8 novembre le débarquement allié en Afrique du Nord. Il y eut fête. On ouvrit des pots de confiture.

A la fin du mois, la température chuta et le parc se couvrit d'une pellicule de neige. Dans le théâtre, la vie se resserra dans les loges, la scène fut désertée et les femmes entreprirent de tailler des couvertures dans les tentures latérales. Si le froid redoublait, on attaquerait le rideau de scène.

Une nuit, Castellain, Sylvain et Élisa partirent en expédition dans les bois de Fontenay. Les deux hommes s'attelèrent à la charrette et montèrent la longue côte qui menait sur l'une des collines. Le gel rendait le sol crissant et le moindre frôlement de branche suffisait à glacer le sang dans les veines tant le froid était vif. Ils ramassèrent des troncs morts, scièrent trois châtaigniers, les coupèrent en bûches, s'arrêtant de temps en temps pour boire au goulot la dernière bouteille de cognac que Castellain avait en réserve. Sylvain travaillait comme un fou. Dans la clairière, il pouvait voir, noire sur la nappe de neige, la silhouette d'Élisa faisant le guet. La nuit était claire et tranchante comme un poignard de cristal. Ils ne s'arrêtèrent que lorsque la charrette fut pleine. Sylvain s'écroula entre les roues, sentant le gong sourd de son cœur battre sous l'effort. Castellain s'agenouilla pesamment à côté de lui.

– J'ai besoin d'une conversation métaphysique, dit-il. Trop longtemps que je me débats dans mes problèmes administratifs de rationnement.

– Ne comptez pas sur moi, souffla Sylvain, je ne sais même plus où se trouve mon cerveau.

– Comment est la vie au théâtre ? J'ai l'impression, certains soirs, d'une tension ; la promiscuité n'arrange rien, mais je sens Greisteyn très tendu.

– De Bazelière est horripilant, dit Sylvain. Je crains parfois que l'un des deux n'étrangle l'autre, mais c'est Eleonora Zackman qui souffre le plus, la petite dérouille par contrecoup.

Castellain tendit à nouveau la bouteille. Sylvain la leva à contre-lune. Il restait la moitié d'une gorgée.

– Qu'est-ce que vous proposez ?

Sylvain ferma les yeux pour se replier davantage sur l'alcool... n'être plus que la chaleur diffusée, envahissante et sensuelle...

Il fit claquer sa langue.

– J'ai une solution, dit-il, on déclare la fin de la guerre, nous sortons et les tensions disparaissent.

– Votre idée est excellente, mais j'en ai une autre, provisoirement plus réaliste.

– Allez-y, dit Sylvain, dépêchez-vous avant que je ne m'endorme.

– Elle dépend surtout de vous. En fait, elle dépend uniquement de vous.

A chaque mot, à chaque respiration, une buée filtrait de leurs bouches, un panache furtif, les écharpes éphémères de l'hiver.

– Qu'est-ce que vous allez me sortir ?

Castellain se releva et commença à se battre les flancs, sautant d'un pied sur l'autre.

– Le théâtre, dit-il, c'est bientôt la Noël.

– Et alors ?

– Montez une pièce, un spectacle, n'importe quoi, vous avez tout ce qu'il faut, une scène, des décors, il reste quelques costumes dans les caves, des accessoires...

– Vous oubliez une chose, dit Sylvain, il manque une seule petite chose sans laquelle rien n'existe.

– Quoi ?

– Le public.

Castellain sourit.

– J'en ai un, dit-il.

– Lequel ?

– Moi.

Sylvain se leva. Il ne sentait plus les muscles de ses cuisses.

– Vous êtes un emmerdeur, mais si vous n'aviez pas existé, j'aurais essayé de vous inventer.

– J'espère que vous m'auriez créé plus grand, soupira Castellain. Il faut appeler Élisa et rentrer.

Le retour eut lieu sans encombre, le ciel était pur jusqu'aux étoiles... il devait exister une alliance secrète et nocturne entre l'hiver et l'infini, un rendez-vous glacé de planètes. Les mortels ignoraient que, pendant leur sommeil, la nuit pouvait être plus claire que le jour. Eux le sauraient désormais... Cramponné aux ridelles pour freiner leur chargement, Sylvain sentait contre son flanc le corps d'Élisa que l'effort raidissait, et le bonheur fondait en lui, car ils ne cesseraient jamais d'être ensemble sous le tournoiement arrêté des astres, à jamais deux dans l'heure des diamants. Sur le bas-côté, l'ombre portée de la charrette et de ses conducteurs se déformait aux cahots du chemin. Il y avait tant d'amour en lui que, durant quelques secondes, il pensa que rien ne pouvait arriver qui puisse les séparer, et que, sans l'avoir voulu, ils étaient devenus indestructibles et immortels, comme si la mort ne triomphait que de la faiblesse des liens que les créatures humaines tissaient entre elles, comme si la faux qu'elle brandissait devait toujours se briser face au sourire d'Élisa.

Sylvain referma le livre et le regarda.

– Alors, qu'est-ce que vous en pensez ?

Simon Greisteyn remua les pieds.

– C'est triste, dit-il.

De Bazelière hennit.

– Remarque subtile, dit-il, Shakespeare est triste, Racine est triste, Sophocle est triste, ce type qui meurt à vingt ans, ça ne peut pas être gai. Ou alors on joue *La Dame de chez Maxim's*, et c'est vous qui ferez la dame.

Greisteyn se leva et tendit les mains vers le poêle.

– En plus, dit-il, je trouve un peu fort de café que, dans un sanatorium, on monte la mort d'un tuberculeux.

Sylvain promena son regard sur l'assemblée.

226

Ils étaient tous là, groupés au centre de la scène, formant un rond autour du brasero.

– Écoutez, dit le jeune homme, je vous propose cet acte parce que nous sommes huit et que chacun pourra jouer un rôle... aucun n'est très long, ce sera facile à apprendre.

– Je ne jouerai pas, dit Mme Zackman, et je ne pense pas que Sarah y tienne non plus.

Sylvain se tourna vers la petite. Elle avait enfilé des socquettes de laine blanche par-dessus des chaussettes qui lui montaient aux genoux.

– Qu'est-ce que tu décides ? questionna Sylvain. Je te vois bien dans le rôle de Thérèse...

Sarah baissa la tête... Dans le palais de Schönbrunn, une jeune fille tournoyait, laquais à la française, salon des Laques, lustres vénitiens, orchestre viennois... elle courait après la valse se jeter dans les bras d'un archiduc blanc **et blond** : tu ne pourras jamais, Sarah Zackman.

– Je n'ai jamais joué, dit-elle.

– Moi non plus, dit Andrea Meyer, mais je me vois parfaitement dans le rôle de la comtesse.

Joseph Meyer eut un sursaut.

– Qu'est-ce qui te prend, dit-il, pourquoi la comtesse ?

– Je ne sais pas, je la trouve sympathique.

Sylvain sortit un crayon de sa poche et commença à écrire sur la couverture.

– C'est vendu, dit-il, Andrea, vous avez le rôle. Qui est le suivant ? Simon ?

– Une petite seconde, dit Simon. A quoi va servir cette représentation, exactement, en supposant, ce qui est loin d'être prouvé, que nous soyons capables de la donner ?

Élisa intervint :

– Je vois deux raisons, dit-elle, d'abord ça va vous fournir d'autres sujets de discussion, et ensuite et surtout, c'est un cadeau pour Castellain.

– Vous savez s'il appréciera ? Peut-être que le théâtre l'ennuie.

De Bazelière se tourna vers Simon.

– Tant pis pour lui. On reçoit parfois des présents détestables, ça n'empêche pas de les prendre. Je m'inscris pour Metternich, j'aurais préféré jouer Marie-Louise, mais ça ferait encore jaser certains.

Marina Kaplan tisonna les cendres. Le feu tombait. Elle ajouta un morceau d'écorce.

– Rayez ça de vos tablettes, dit-elle. Marie-Louise, c'est moi, la vie ne me donnera pas toujours l'occasion d'être impératrice.

– Simon, proposa Sylvain, soyez Hartmann, c'est un général, vous avez le physique.

Greisteyn haussa les épaules.

– N'essayez pas de m'avoir par des compliments. D'accord pour Hartmann, mais je vous préviens, je n'ai aucune mémoire.

– Je vous soufflerai, dit Sylvain. Professeur Meyer, jouez Prokesch, c'est un rôle noble.

– Si Andrea est la comtesse, je ne peux pas faire mieux.

Eleonora Zackman remonta son fichu sur ses épaules. Cette histoire de théâtre la terrorisait, c'était toujours ainsi depuis le pensionnat, il fallait se lever de son banc, monter sur l'estrade, réciter, sortir du rang, avoir tous les yeux sur soi... alors la gorge se nouait, la voix fléchissait. « Parlez plus fort, mademoiselle, je suis sûre que vos camarades du dernier rang ne vous entendent pas ! »

Le sang battait, c'est dans cet instant qu'il fallait mourir, disparaître, ne jamais avoir existé. Il fallait éviter cela à Sarah, elle était comme elle, la peur rôdait dans ses yeux comme dans les siens : elles avaient la même crispation devant les autres.

– C'est très joli tout ça, claironna de Bazelière, mais qui va être le duc ?

Tous les yeux se tournèrent vers Sylvain.

– Ce sera Élisa.

Elle faillit tomber de son tabouret.

– Tu es fou, dit-elle, c'est à toi de le jouer, tu es le seul professionnel parmi nous, et il faut que...

– Je ne peux pas tout faire, rétorqua Sylvain, il faut quelqu'un pour diriger les répétitions. Et puis l'Aiglon, c'est Sarah Bernhardt, et qui est-ce qui se rapproche le plus de Sarah Bernhardt ici ? C'est toi.

– Formidable idée, approuva Marina, je ne peux déjà plus voir le personnage autrement que sous vos traits.

Les autres firent chorus.

– Que le diable vous emporte tous, dit Élisa, c'est ce que je souhaitais depuis le début. Si quelqu'un l'avait joué à ma place, j'en aurais fait une jaunisse.

– Une grande soirée se prépare, dit Andrea Meyer. Nous allons tous être excellents.

Il y eut un silence.

– Je veux bien être Thérèse, dit Sarah, enfin, j'essaierai.

Eleonora Zackman regarda sa fille et eut un geste étrange. C'était comme si la fillette s'était élancée du bord d'une falaise et qu'elle eût tenté de la retenir. Instinctivement, elle s'écarta du rougeoiement des flammes et chercha l'ombre. Une blessure survenait, il y avait eu trahison...

– Il reste l'archiduchesse, madame Zackman.

Elle sentit le regard de sa fille sur elle. Les muscles de ses avant-bras étaient tendus comme des cordes.

– Je vous aiderai pour les costumes, dit-elle.

Sylvain se leva.

– On commence demain. Élisa apportera du papier carbone du bureau, il faut que chacun ait un texte.

– Je sens que je vais avoir horreur de ça, dit Greisteyn. Vous vous rappellerez bien que j'ai été contre dès le début.

– On n'oubliera pas, dit de Bazelière. Il ne viendrait à l'idée de personne de penser que vous pourriez être pour quoi que ce soit.

Cette soirée devait marquer un tournant dans la vie de la communauté. Les péripéties de la guerre passèrent au second plan... Les Allemands n'avançaient plus sur le front russe, ce qui était en soi une bonne nouvelle, bien que, comme le faisait remarquer Simon Greisteyn, ils ne reculassent pas non plus. Le froid clouait les troupes devant Stalingrad... Lorsqu'il annonça que les Français avaient repris Bir Hakeim, il faillit se faire remettre à sa place car il avait interrompu la mise au point d'un jeu de scène difficile...

Le soir, quand il rejoignait Élisa dans sa chambre, Sylvain lui faisait travailler son rôle. Il la tenait au courant des événements, de Bazelière cabotinait, Greisteyn avait des trous de mémoire, on n'entendait pas Sarah, Marina était exécrable, les Meyer étaient coincés et ânonnaient les répliques, ce serait une catastrophe totale, rien ne serait prêt.

– Et moi, comment je suis ? demandait Élisa.

231

– La pire de tous, mais c'est agréable de coucher avec Napoléon II !

Quatre jours avant le spectacle, Greisteyn refusa de jouer. Il venait de s'apercevoir que Metternich-de Bazelière se plaçait devant lui chaque fois qu'il avait une réplique. Il fallut toute la diplomatie de Joseph Meyer pour le faire revenir sur scène.

Eleonora Zackman reprisait les robes que l'on avait sorties des paniers remontés de la cave. C'étaient à l'origine des costumes pour une pièce de Marivaux, mais avec quelques rafistolages, cela collait à peu près. On n'était pas à un siècle près.

Sylvain allait de l'un à l'autre, épargnant les susceptibilités, réglant des entrées, suggérant des intonations... il finissait les journées mort de fatigue.

Il décida que la générale aurait lieu le 23 en matinée.

A dix heures, tous prirent leur place, et il s'apprêtait à descendre dans la salle lorsque Eleonora Zackman l'arrêta dans les coulisses.

– Je vais essayer de jouer, dit-elle.

La voix était rauque d'émotion.

Sylvain se recula pour la regarder. Le couloir était étroit, encombré par la machinerie de plateau : il put prendre cependant suffisamment de recul pour voir qu'elle portait une robe noire longue. Il ne lui aurait jamais cru une taille aussi fine.

– Vous savez votre texte ?

– J'ai peu de répliques.

Il se souvint qu'elle avait assisté, tout en cousant, à toutes les répétitions.

Il la prit dans ses bras et sentit ses épaules trembler. Les yeux étaient immenses, désespérés, mais elle ne reculerait pas. Sous ses lèvres, ses joues étaient douces. Il lui prit la main et l'entraîna. Tous les autres se tournèrent vers eux. Sylvain s'effaça pour la laisser entrer.

– L'archiduchesse, annonça-t-il.

Joseph Meyer fut le premier à réagir en heurtant ses paumes l'une contre l'autre. Les autres se joignirent à lui et il sembla à Eleonora Zackman que le bruit des applaudissements, déformé et amplifié dans l'espace clos qui les entourait, était le son d'une averse, une pluie légère et bienfaisante, de celles qui abreuvaient les terres longtemps desséchées.

Elle fit une révérence, on la lui avait enseignée autrefois chez les sœurs maristes, et Sarah Zackman se sentit envahie par une étrange sensation. Il pouvait arriver que même ceux qui vous étaient proches vous soient brusquement inconnus, qu'un jour, au hasard des circonstances, ils se dévoilent tout autres... qu'aujourd'hui, sa mère n'était plus uniquement sa mère, et elle en ressentait à la fois inquiétude et fierté... Elles joueraient ensemble une représentation unique, pour un unique spectateur, et ce serait peut-être la chose la plus importante qui leur soit jamais arrivée.

Dans la nuit de ce même jour, Élisa se réveilla en sursaut et réveilla Sylvain.

– Prends ma place, dit-elle. Je suis mauvaise.

Il grogna, cherchant à replonger dans le sommeil.

– Merveilleuse, marmonna-t-il, sublime et irremplaçable. Dors.

Elle gémit lamentablement.

– Je n'y arriverai pas, je le sens, j'ai des trous de mémoire, pires que ceux de Simon. Qu'est-ce que je dis après : « J'ai dormi dans sa barque aux balustres de nacre » ?

Sylvain s'enfouit sous les couvertures.

– « Bébé dont le baptême eut la pompe d'un sacre. »

– Tu vois que tu le sais mieux que moi ! triompha-t-elle.

– Bonne nuit, chérie.

Le rideau se leva à vingt-trois heures exactement.

Castellain était l'unique et grelottant spectateur. Il avait gardé manteau, gants et écharpe, car le froid était intense dans la salle déserte.

La scène s'éclaira. Un salon désuet mais chic. Ce décor lui donna tout de suite une impression de déjà-vu... les dessus de porte peints, le faux bois des lambris... il y avait eu une pièce jouée avant la guerre... un vaudeville... *Subito Presto* ou un titre dans ce genre. Cela pouvait passer, à l'extrême rigueur, pour une chambre du palais de Schönbrunn.

Ils sont tous là, mes protégés, et Élisa la première, alanguie sur le divan cerné des présences de la cour viennoise... Que se passait-il donc en cette minute, pourquoi l'émotion montait-elle soudain ? J'avais proposé un passe-temps, pour que les heures coulent plus vite, et voilà qu'il se produit une alchimie, ils ne sont plus les mêmes...

    – « *Des princes sur lesquels soufflent les Destinées,*
       D'enfants pâles auxquels on fait joindre les doigts. »

Simon Greisteyn a disparu, ce n'est plus lui qui parle. Pourquoi ai-je depuis le début cette boule à la gorge ? J'ai oublié ces vers que je n'aimais pas trop, et, avec eux ce soir, ils me serrent le cœur. Sarah Zackman, poussée en graine, presque jolie ce soir dans sa robe trop large...

    – « *Vous avez autrefois pleuré de me voir vivre*
       En Autrichien, avec à mon habit des fleurs

Maintenant vous pleurez en voyant que j'en
[*meurs...* »

Elle a des talons trop hauts pour elle, une grâce infinie et malhabile. Et mon aristo en Metternich glacé, comme ils sont bons ! Comme ils y croient ! Le triangle des femmes se défait, l'essaim tendre se reforme au chevet de Frantz, duc de Reichstadt.

Marina Kaplan, l'impératrice... quelle force ! Pourquoi joue-t-elle ainsi ? Qu'est-ce qui les pousse ce soir ? Que cherchent-ils tous ? Quelles déchirures, quel passé ou quel destin tentent-ils de briser pour devenir tellement autres, si loin d'eux-mêmes ?

– « *J'étais... Est-ce ma faute ?*
Trop petite à côté de tes rêves trop grands. »

Je n'aurais jamais cru qu'il en serait ainsi, ce devait être... quoi au juste ? Un divertissement, un peu une rigolade, une fête donnée, sans conséquence, bonne franquette et gentils amateurs, et soudain, quelque chose grimpe plus haut. C'est peut-être moi, c'est peut-être la guerre, l'angoisse de ces jours qui ne dureront pas... il y a dans la tourmente ce travail inutile, ces talents éphémères. Ils redeviendront demain eux-mêmes, mais ils seront désormais pour moi ceux qui auront su, le temps d'un acte, être dans un château viennois des êtres d'une autre époque... Arrête, Castellain, écoute-les, calme-toi, écoute...

Élisa se soulève sur les oreillers. Elle n'aurait pas cru se sentir si bien, peut-être parce qu'elle ne joue que pour un spectateur, mais c'est vrai que Sylvain a dû la pousser tout à l'heure, et puis les choses se sont ordonnées... les fronts se sont penchés autour d'elle, creusés par un vrai souci, avec des larmes réelles dans la voix d'Andrea Meyer ; voici Greisteyn et de Bazelière côte à côte, Hartmann et Metternich tendus devant cette mort qui fera si peu de bruit dans l'Europe de 1832.

– « *Monseigneur est très mal, il faut que l'on s'écarte.* »

Je suis excellente, je le sens, j'enfonce Sarah Bernhardt. Je comprends Sylvain, son amour des planches... quel cadeau il m'a fait de me laisser le rôle... je suis sûre qu'il avait envie de le jouer.

– « *Ah, mon enterrement sera laid... Des arcières...*
Quelques laquais portant des torches aux portières...
Les capucins diront leur chapelet de buis... »

Je l'ai bien sorti, j'ai toujours peur à ce passage de ne pas me rappeler, je ne sais pas pourquoi, mais là tout va bien... c'est le nuage, nous sommes tous dessus... nous avançons sans heurts, sans temps morts, en harmonie. Cela va finir et c'est ça qui me navre ; comme ce fut rapide ! Nous aurions dû tout jouer depuis le début, les six actes... allez, je tousse un peu pour la vraisemblance, il est quand même poitrinaire, le roi de Rome. Qui m'aurait dit qu'un jour je devrais me forcer ! Voilà, c'est la fin, déjà... presque. Nous sommes parfaits.

Les femmes se sont reculées, Sarah seule tourne le dos au moribond : c'est elle qui avait trouvé cela à la répétition, c'était une idée d'actrice, Sylvain l'avait félicitée, elle était devenue rouge... pourvu que Simon Greisteyn ne bafouille pas... non, il ne bafouille pas.

    – « *Le Te Deum emplit le vaste sanctuaire*
      Et le soir même, dans la France tout entière,
      Avec la même pompe, avec le même élan... »

Sur la manche de Simon, les doigts de Joseph Meyer se sont posés, arrêtant la lecture. Le professeur se penche, le profil d'Élisa creuse l'oreiller. Les paupières sont fermées... Pourvu que l'on ne s'aperçoive pas que je respire...

Meyer se redresse, se tourne vers les femmes :
    – « *Mort.* »

Simon referme le livre. Le silence tombe, tous sont immobiles. Ce sera un long silence, Sylvain Kaplan a bien insisté là-dessus : un très long silence.

De Bazelière se détache du groupe, descend vers la scène, l'œil froid, s'arrête à la rampe, boutonne ses gants : Metternich est un salopard.
    – « *Vous lui remettrez son uniforme blanc !* »

Le rideau lentement tombe.

Lorsqu'il se relève, quelques secondes plus tard,

ils sont tous alignés en rang d'oignons, face à Castellain.

Le petit homme sort les mains de ses poches de son pardessus et frappe ses paumes l'une contre l'autre. Aucun bruit : il retire les gants de laine, applaudit, applaudit encore, plus fort, plus fort encore, démène-toi, tu es la salle, une salle en délire, frénétique, emballée.

– Bravo ! hurle-t-il, bravo !

Il frappe à tour de bras, tape des pieds, exulte, postillonne. Les visages devant lui s'éclairent, refluent vers le fond, reviennent, repartent. Sylvain, qui manœuvre le rideau, compte les rappels : quatre déjà.

Castellain se déchaîne, il est la foule, il est l'enthousiasme, il est la joie, il est le public, il est tout seul.

Il s'arrête, épuisé.

Devant lui, les masques tombent, Élisa est partie chercher Sylvain qu'elle entraîne derrière elle. Il y a des sourires sur les visages retrouvés. Élisa lâche la main de Sylvain, celle d'Eleonora, et se met à son tour à applaudir, les autres l'imitent, c'est l'hommage à Castellain qui, cette fois, craque du côté des lacrymales... Je suis une lavette, je suis un con... en plus, je n'aime pas Rostand !

Il sort de sa rangée de fauteuils, monte sur la scène.

– Je vous préviens, dit-il, je vais vous embrasser toutes.

Il commence par Sarah.

– On a été fantastiques, dit Simon Greisteyn, même Metternich a bien joué.

Sylvain les regarde se congratuler. Les voix lui semblent baisser soudain. Il est presque minuit.

Noël 1942.

1943

*Extrait d'un chapitre du livre
qu'écrit Joseph Meyer*

Il ressort de mes observations de ces trois derniers mois qu'il n'existe pas une montée progressive de l'exaspération due à la promiscuité.

Il y a des pics, des retombées, des départs et des fuites, un vallonnement graphique dont la seule règle est l'accélération. Je veux dire par là qu'il n'existe plus entre nous de longues plages de calme suivies de plages de tourmente, le cycle se rétrécit, ce qui donne à nos repas, moments où nous nous retrouvons tous, un mouvement plus saccadé, comme si les centres de contrôle qui régissent nos rapports avec les autres se trouvaient court-circuités, puis remis en état, puis court-circuités à nouveau. Il en naît une sensation d'insécurité et d'angoisse que j'éprouve parfois à un point tel que je préférerais manger seul... Ainsi, je peux converser amicalement avec Simon Greisteyn et, sans que

243

ni l'un ni l'autre ne nous en soyons aperçus, nous nous retrouvons en train de nous lancer des répliques amères qui peuvent être blessantes... On remarque à ce propos que le réseau des alliances s'est défait, la constitution de sous-groupes également. Même Sarah Z. participe au phénomène. Alors qu'elle était partie d'un clan de trois personnes comprenant, outre elle-même, les Kaplan mère et fils, elle s'est brusquement désolidarisée hier de Marina. Elle a flotté un instant dans une sorte de déséquilibre psychique, caractéristique : la jeune fille avait elle-même brisé ses appuis. Il a fallu qu'elle aille les retrouver, en tâtonnant, en l'occurrence en proposant à Marina de lui faire réciter une leçon, ce qui était évidemment un prétexte.

Il ressort également d'une façon générale que le cycle alternatif socialisation-désocialisation touche moins les femmes que les hommes. L'âge semble également jouer un rôle, mais contrairement à ce que l'on pourrait croire, il n'est pas un facteur d'équilibre : les plus vieux d'entre nous ne sont pas les plus patients dans leurs relations.

Question : combien de temps un groupe d'hommes et de femmes peut-il rester enfermé sans que l'accélération de la variation de son comportement l'amène à la fuite ou à la folie ?

C'était dans le Loiret, une terre à patates.

Ils pédalaient depuis le matin, les terres émergeaient, roses et floconneuses sous le soleil d'un avril tout neuf. Avec le déchirement des brumes, les herbes oscillaient dans la dernière brise frisquette d'un hiver à bout de forces qui livrait sans conviction sa bataille ultime.

Ils coupèrent par des départementales défoncées par les gelées récentes, et avaient, depuis leur départ, croisé un facteur à vélo, deux écoliers à pèlerine et un chien flegmatique derrière une grille. Sylvain se dressa sur les pédales pour soulager les muscles de ses cuisses et franchit les derniers mètres de la côte en danseuse. Élisa l'attendait sur le bas-côté, les coudes sur le guidon.

– Traînard !

Il freina dans un bruit de quinze tonnes. Il fallait huiler la chaîne. Mais comment huiler sans huile ?

– Regarde, dit-il, admire ce panorama. Du rutabaga à perte de vue.

La plaine s'étendait sous eux. On devinait le village derrière un bois, sur la gauche.

Elle déplia la carte et pointa un doigt. Grangermont. C'était là.

– Tu t'y retrouves mieux que mon capitaine en 40, avec toi, on aurait gagné la guerre.

On distinguait une église et des fermes serrées

autour. Le tout aurait tenu dans une boîte d'allumettes.

– Tu es sûre que c'est là ?

– Certaine.

Elle avait eu le tuyau deux jours auparavant par l'une des femmes de ménage du sana. On pouvait se procurer ici de la farine, du beurre, et peut-être même des œufs. C'était du marché noir mais pas trop cher quand même. Les prix depuis l'hiver montaient en flèche : mille huit cents francs le litre d'huile, neuf cents francs le kilo de beurre, quarante francs un œuf... Les détaillants n'étaient plus approvisionnés, Castellain s'arrachait les cheveux, les soupes se faisaient de plus en plus claires, il se débattait avec les tickets, les coupons, les cartes, peut-être faudrait-il songer à fermer Bligny... Chaque jour passé était un jour gagné.

D'un doigt précautionneux, Sylvain effleura son pneu avant. Il ne devait pas être plus épais que du papier à cigarettes. Il n'en avait pas de rechange et avait déjà crevé à moins d'un kilomètre du départ : la prochaine rustine pouvait être fatale.

Ils démarrèrent ensemble et se laissèrent glisser en roue libre. Ils eurent l'impression de plonger droit dans le cœur d'une gigantesque salade... qui allait se refermer peu à peu sur eux.

Il fallait réussir, rapporter quelque chose, des pommes de terre, du saucisson, n'importe quoi, mais le moment des repas au théâtre devenait difficile. Joseph Meyer avait eu un malaise le samedi précédent, tous maigrissaient, ce n'était plus possible.

Castellain avait fait faire une fausse carte d'identité pour Sylvain ; il y avait des barrages, parfois, sur les routes, des gendarmes, des postes militaires allemands, des hommes de l'O.P.A. traquant les réfractaires au S.T.O.

Ils filaient dans le sifflement tendre de la vitesse. Devant lui, les boucles d'Élisa volaient. Ils prirent de l'inclinaison dans un virage, redressèrent en hirondelle. La pente s'apaisait et les premières maisons étaient là déjà, au bout du chemin : elles s'écartèrent de chaque côté de l'embryon de rue. L'espace s'évasait.

– Tu as l'adresse ?

– Un portail jaune.

Il vint à sa hauteur. Les rues étaient désertes, l'église semblait fermée. Un chat dormait sur le pas d'une porte.

Élisa montra les battants qui clôturaient une ferme.

– Ce doit être là.

– Ce n'est pas vraiment jaune mais on peut essayer.

Ils appuyèrent les vélos contre le crépi du mur et entrèrent. Instantanément, une femme et un chien sortirent d'un bâtiment entouré de purin. Sylvain eut l'impression que la fermière avait du mal à s'empêcher d'aboyer elle aussi.

Élisa prit les devants et décocha un sourire à couper le souffle.

– Je viens de la part de Mme Ferrand, dit-elle, elle nous a donné votre adresse. Nous pouvons entrer ?

La fermière les examina lourdement.

– Mon mari, dit Élisa, c'est le neveu de Mme Ferrand.

Elle avait le don des inventions impromptues. Sylvain sourit à son tour et s'inclina.

– Mme Ferrand est ma tante, dit-il, elle m'a pratiquement élevé.

La femme hocha longuement la tête sans les quitter des yeux et gratouilla les oreilles de son briard qui dégageait une odeur pestilentielle.

– Je vois, je vois, dit-elle. Qui est Mme Ferrand ?

Ça commence mal, songea Sylvain, elle va nous faire bouffer par son clébard.

Élisa eut un rire espiègle, et Sylvain pensa que si elle se sortait de la situation, il aurait pour elle une admiration éperdue et permanente.

– C'est la dame à qui vous avez vendu du saindoux la semaine dernière.

– Celle qui travaille à un hôpital ?

Il crut qu'Élisa allait battre des mains après
deux entrechats.

– Exactement, c'est elle.

– J'aime pas trop cette femme, dit la fermière,
elle veut faire baisser les prix, et les gens qui font
ce métier, ils ramènent des microbes à tout le
monde.

– C'est hélas vrai, approuva Élisa. C'est pour
cela que nous la voyons fort peu.

– En fait pratiquement jamais, précisa Sylvain.

Il eut envie d'ajouter qu'il l'avait toujours haïe,
qu'elle le battait lorsqu'il était enfant, avec un
martinet renforcé, et que, plus tard, elle avait tenté
de le violer à plusieurs reprises.

– Vous voulez quoi ? trancha la femme. Des
haricots ?

– Par exemple.

– Entrez. C'est pas rangé, mais j'ai pas le temps.

Ils la suivirent. La cuisine était basse de plafond. Assis à la table, le mari triait des lentilles en
shootant de temps en temps dans les poules qui
passaient à sa portée.

Il gratta son béret en signe de salut et demanda
aux nouveaux arrivants s'ils étaient parisiens. Il

était clair, au ton de la voix, qu'en cas de réponse positive, il y aurait de la menace dans l'air.

Élisa, qui était née rue Damrémont, en plein XVIIIe, s'exclama qu'elle était native d'une bourgade près de Perros-Guirec.

– J'aime pas trop les Bretons, dit la femme, c'est des sournois.

– C'est vrai, renchérit Sylvain, et avares, on dit les Auvergnats, mais les Bretons, c'est pire. Vous aimez les Auvergnats ?

– Pas trop.

Il avait pensé se déclarer originaire de Saint-Flour, mais opéra une brutale plongée plein Sud.

– Je suis de l'Hérault ; beau pays, mais la terre y est pauvre.

Le fermier ricana et, du bout de son brodequin, heurta le croupion d'un gallinacé qui y laissa deux plumes et fusa par l'entrebâillement de la porte, après deux zigzags cot-cotants. Il prit l'air finaud.

– Quand la terre est pauvre, c'est p't-être que les gars sont fainéants.

Élisa comprit que le temps des amabilités s'achevait et abattit les cartes.

– On vient au ravitaillement, dit-elle. Qu'est-ce que vous pouvez nous vendre ?

– Oh, ben ça..., dit la femme.

L'homme remua l'assiette : les lentilles produisaient sur les bords de la faïence un bruit de gravier.

– Faudrait d'abord qu'on ait quelque chose...

Sylvain décida d'atteindre les extrêmes limites de l'obséquiosité.

– Ça, c'est juste, je suis bien d'accord avec vous, mais peut-être, en cherchant bien...

– Chercher, chercher... vous en avez de bonnes...

La fermière s'assit à son tour et, d'un revers d'avant-bras, rafla des miettes, sur la table, qui tombèrent sur le sol : ruée des poules.

– Le dimanche, c'est la même chanson, ils arrivent tous sur le coup de dix heures, et c'est des « on veut des haricots » par-ci et des « vous avez pas du beurre » par-là, un vrai défilé.

Le maître de maison opina.

– La semaine prochaine, on met la chaîne, on sera plus tranquilles.

Élisa resserra la bride de son sac.

– Tant pis, dit-elle, on va voir ailleurs, quand ya plus rien, ya plus rien... nous, on a les sous, mais si on n'a rien à acheter, on les garde. Au revoir, m'sieur-dame.

Sylvain la suivit. Il faisait si sombre qu'il heurta un banc et se meurtrit le tibia.

– On peut p't-être aller voir à la cave, des fois

qu'il reste un fond de sac. Ça vous intéresse, des haricots secs ?

– Faut voir, dit Élisa.

Deux heures plus tard, ils se retrouvaient tous deux dans un bois, au pied d'un arbre, à se tartiner du pâté de campagne sur des tranches de pain de seigle. Les vélos étaient dans l'herbe, un sac de dix kilos de lentilles sur le porte-bagages, trois kilos de beurre et deux lapins dans une musette, du saindoux, quatre saucissons et de l'échine de porc dans l'autre. Sylvain transportait dix kilos de pommes de terre et trois douzaines d'œufs dans un sac à dos.

Élisa mâcha avec conviction, avala et fit claquer sa langue.

– Fameux, mais ça manque de pinard.

Sylvain grimaça. Avant de partir, le fermier avait tenu à lui faire goûter la dernière récolte. Trois barriques seulement, il avait peu de vignes. Le verre ressemblait à un encrier d'écolier... à l'intérieur, c'était une purée violette : en l'avalant, il avait eu l'impression que son estomac allait fuir comme un ballon percé.

– Ne parle pas de vin, j'essaie d'oublier.

Il se coucha dans l'herbe, les mains croisées sous la nuque.

– C'est les vacances, dit-il, on devrait s'échap-

per plus souvent. Ils sont gentils, au théâtre, mais
certains soirs on n'en peut plus...

Élisa replia son canif.

– Je sais, dit-elle, il faut tenir encore un peu. Ils
ont lâché Stalingrad.

Sylvain rit.

– Tu as vu où c'est, Stalingrad ? Ya encore du
chemin à faire...

– L'Afrique se libère, Berlin est bombardé...

– Londres aussi.

– Arrête, Sylvain, qu'est-ce que tu cherches à
dire ? Que les boches vont gagner ?

– Non, mais j'ai parfois l'impression que le
temps me vole ma vie... Tu sais depuis combien
d'années je n'ai pas joué ? Cela va faire trois ans.

Elle le regarda. L'ombre des feuilles bougeait
sur son visage. Que se serait-il passé si les mois
qu'ils vivaient avaient été paisibles ? Serait-il
devenu un acteur célèbre ? Aurait-il connu les
salles de province uniquement, les théâtres
désuets des villes thermales, les caleçonnades
devant les curistes ?... Qui pouvait le savoir ?

– Je sais que c'est idiot, que j'aurais continué
sans doute les tournées Verdier, mais je ne peux
m'empêcher parfois de penser que les choses
auraient pu aller autrement... on lutte difficilement contre des rêves de gloire...

– Et évidemment, moi dans tout cela...

– Ne sois pas idiote, sans toi, je casserais encore
des cailloux en Prusse... mais ce que je veux dire,
c'est qu'à Bligny...

Élisa l'écouta raconter les jours au théâtre, elle
savait tout cela. Chaque soir, elle décelait de nouveaux ravages sur les traits de Joseph Meyer. Il
se savait cardiaque... sa femme ne le quittait plus
des yeux, s'affolait d'une crispation de paupières,
d'une grimace... Sarah lisait à en perdre la vue,
Greisteyn et de Bazelière avaient cessé leurs dis-
putes, ce qui n'était pas un bon signe. Marina
Kaplan et Eleonora Zackman avaient pris les
rênes ; c'étaient elles qui organisaient les corvées,
les tours de vaisselle, de ménage, de lessive. Eleonora souffrait d'engelures.

– Je m'en veux, dit Sylvain, tu connais tout cela
autant que moi, et cette balade est magnifique, il
fait beau, le printemps éclate, tu as une robe à
fleurs, de superbes socquettes, un vélo cliquetant,
un nez retroussé, des mollets galbés, un sac de
légumes secs, et je sens le désir monter en moi.

– Je peux te faire un aveu ? Certains dimanches
d'avant-guerre, Henriette s'éclipsait avec son petit
ami derrière les arbres du parc.

– Où tu veux en venir ?

– Je l'ai enviée énormément, et ça continue.
Nous n'avons jamais fait l'amour en plein air.

– Je ne peux pas te laisser dans un tel état de

frustration, il y va de ton équilibre et de ta santé mentale.

Qui aurait pu les surprendre ? Le monde semblait vide. Des foules s'entassaient, lointaines, à l'est de l'Europe, mais au cœur de ces campagnes, il ne restait rien que leurs corps enlacés, oubliés dans l'émeraude d'une colline. Tout à l'heure, ils reprendraient les routes du retour, ils traverseraient les villages aux volets tirés : Puiseaux, Mespuits, Bouray-sur-Juine... la France aux fenêtres closes que le soleil d'avril n'arrivait plus à réchauffer. C'était cela être vaincus, ce repliement, ces places inutiles, les ruelles abandonnées. Où étaient les hommes ?

Sylvain et Élisa retrouvèrent la guerre dans le silence des bourgs vides, ils la lisaient sur les affiches placardées aux murs des mairies : avis de réquisition, déclarations des autorités allemandes et préfectorales, annonces d'arrivée de choux-fleurs et de viande de boucherie, noms d'otages exécutés... De loin en loin, ils croisaient un camion à gazogène, deux fillettes juchées sur une palissade les regardaient passer... elles avaient des nattes torsadées, des tabliers d'écolières et des cuisses maigres, la protubérance de leurs genoux était un signe des temps. Sylvain, tout en roulant, pensa que ceux qui écriraient plus tard oublieraient ce détail : les petites filles de l'an 43 avaient de gros genoux et des jambes fluettes.

Ils arrivèrent au crépuscule. Alors qu'ils longeaient le mur de pierres sèches qui limitait le parc, Sylvain creva. Il restait moins de cent mètres à parcourir. Depuis quelques kilomètres, le sac à dos meurtrissait ses épaules. Il descendit et s'accroupit pour vérifier dans la lumière rasante : cette fois, toute réparation était impossible, le pneu était ouvert sur plusieurs centimètres, et la chambre à air craquait de toutes ses coutures. En trouver des neufs devait être à peu près aussi facile que d'arrêter un panzer avec des boules de neige. Élisa pénétra la première dans le sana.

A cette heure, les malades étaient au réfectoire et son compagnon put se glisser sans être vu à travers le parc jusqu'au théâtre. De son côté, Élisa monta les escaliers quatre à quatre malgré les musettes, pénétra dans sa chambre et se déchargea de son fardeau.

Non seulement ils rapportaient de quoi améliorer l'ordinaire pendant quelques jours, mais ç'avait été une splendide journée. Elle soupira de satisfaction. Elle aperçut son reflet lointain dans la glace du lavabo près de la porte. Dans le rougeoiement du soir, elle vit une tache sombre au coin de sa lèvre et, sans réfléchir, l'essuya du gras du pouce. C'était du sang.

De toutes ses forces, elle souhaita que ce fût une écorchure, une égratignure, une herbe avait pu la couper pendant qu'ils faisaient l'amour.

Allons, ma vieille, tu sais que ce n'est pas ça...

Elle cracha dans son mouchoir. Il y avait des filets pourpres dans la salive.

Ne pas s'affoler. Surtout pas. N'en parler à personne, ni à Castellain, ni à Andoulard, ni à tous les autres, ni bien sûr à Sylvain. Je ne tiens pas à revenir dans le pavillon des malades, je ne pourrais pratiquement plus le voir.

J'ai fait trop d'efforts aujourd'hui, c'est tout. Le vélo n'est certainement pas indiqué. J'étais prévenue d'ailleurs : ça pouvait revenir. Et même si ça ne revenait pas, la vie devait être calme : pas d'efforts, pas d'émotions. L'inverse, quoi !

Elle toucha son front, un vieux geste qu'elle avait oublié, et qu'elle retrouvait d'un coup instinctivement. Pas de fièvre. Ou à peine.

Elle revint à son lit et s'y assit doucement. Précautions, ma vieille, précautions. Mister K. est un farceur, un vieux copain qui adore les surprises, les visites impromptues, coucou, me revoilà, vous ne vous y attendiez pas à celle-là, hein ?

Non. Je ne m'y attendais pas. Vraiment pas. Ne pleure pas, mauviette, ne pleure pas.

– Bon Dieu, s'exclama Greisteyn, ça y est, cette fois ils sont cuits !

Tous écoutaient la voix lointaine, masquée par le brouillage, une ritournelle, un grillage de sons qui empêchait de toucher les mots.

De Bazelière se pencha : son oreille effleurait la bakélite du poste.

– Syracuse, dit-il, entre Syracuse et Catane.

Sarah se dressa et courut dans sa loge. Sous son lit, au milieu des livres, elle possédait un atlas... elle savait où se trouvait la Sicile, un triangle dans la mer, tout au bout de l'Italie, très loin, infiniment loin de Bligny.

Rassemblés autour du poste, ils perdaient la voix, les ondes fluctuaient et les phrases s'éloignaient, emportées par des vagues inexpliquées. Sylvain tourna le bouton, tentant de capter à nouveau la station... ce n'était pas loin, l'Angleterre, pourtant... il parvint à retrouver l'émetteur, mais c'était inaudible, quelques mots à peine surnageaient, poissons épargnés dans la mer du vacarme : « tête de pont », « Eisenhower »...

On était le 10 juillet.

Un débarquement. Cela faisait si longtemps qu'ils l'attendaient.

– Leur plan est simple, dit Greisteyn, la Sicile,

après l'Italie, après la France, l'Allemagne, et puis l'affaire est réglée.

Marina Kaplan remit ses lunettes dans son étui. C'était ridicule mais plus fort qu'elle : chaque fois qu'elle écoutait Radio-Londres, il fallait qu'elle les pose sur son nez, elle en retirait l'impression ferme que son acuité acoustique était ainsi aiguisée. Qui voit mieux entend mieux.

– Rien de plus simple en effet, dit-elle, il suffit simplement que les Allemands leur tiennent la porte pour les laisser entrer.

Joseph Meyer se leva. C'était une opération qu'il effectuait avec une facilité de plus en plus grande : il avait perdu quinze kilos depuis son arrivée au théâtre.

– Je ne suis pas optimiste par nature, dit-il, mais si tous les renseignements sont bons, les Allemands reculent en Russie, l'Afrika Korps est derrière les barbelés, ça a l'air de s'arranger dans le Pacifique, et voilà un nouveau front qui se crée, c'est quand même très encourageant, non ?

Andrea Meyer ouvrit la bouche et la referma. Elle avait eu envie de dire qu'il y avait une contrepartie à ces renversements de situations : dans les territoires occupés, les arrestations se multipliaient, les massacres d'otages étaient de plus en plus fréquents, le nombre de fusillés augmentait de semaine en semaine. L'Allemagne saignait à blanc les pays occupés. Les rations s'étaient encore réduites.

– Je vais faire des pâtes, dit Mme Zackman, il reste un peu de farine.

– Je vais vous aider.

Marina Kaplan prit avec elle le chemin de la cuisine : c'était dans les coulisses, côté jardin, à l'endroit où les acteurs faisaient leur entrée. Elles avaient peu à peu aménagé une installation de fortune, une cuisinière, une table, des ustensiles. Sylvain avait apporté un garde-manger et installé des étagères.

Eleonora Zackman renversa la farine, la sculpta en pyramide, versa de l'eau sur la pointe et commença à pétrir sur la toile cirée.

Marina regarda autour d'elle. Tout était sombre, on distinguait à peine les superstructures du plafond.

– Un jour, lorsque la guerre sera finie, nous regretterons cet endroit.

Eleonora sourit. Elle sentait sous ses paumes les grumeaux se former autour des restes de paille...

– Je le crois aussi, dit-elle, nous savons fabriquer du regret même avec nos moments difficiles.

Dans la pénombre, Marina se laissait doucement hypnotiser par le ballet des mains de sa compagne, le malaxage régulier de la boule blanche, ondulante, sans cesse formée et déformée.

– Après la guerre, il faudra venir me voir, dit-elle, j'habite sur les bords de Marne, je faisais des poireaux et des rangées de radis dans le jardin.

Eleonora Zackman étala la pâte qui pouvait être coupée en lamelles : c'était le travail de Marina.

– Ce doit être agréable l'été ?

– Non, c'est pourri de moustiques.

– L'hiver alors ?

– Humide, beaucoup de brouillard, terrible pour les rhumatismes... J'aimais beaucoup. C'est bien, une rivière sous vos fenêtres. L'eau a gelé quelques fois, il y a longtemps, Sylvain était petit, il glissait sur la glace avec ses copains, j'étais terrifiée.

Depuis Noël, elles ne se quittaient plus. C'était la première fois qu'Eleonora avait une amie, Sarah en mesurait les conséquences : elle ne sentait plus sur elle le regard permanent de sa mère...

Joseph Meyer prenait consciencieusement chaque soir ses gouttes de digitaline et avait constaté avec étonnement qu'il avait déjà écrit plus de cent pages de son essai sur une expérience d'enfermement et ses conséquences psycho-relationnelles... Il reprendrait cela plus tard, lorsqu'il retrouverait sa bibliothèque et qu'il pourrait consulter les thèses psychiatriques ayant traité ce sujet. La dernière note concernait de Bazelière, l'homme connaissait un passage à vide. Il possédait un stock d'anecdotes pourtant inépuisable, mais un soir, alors qu'il racontait l'une d'elles, Simon Greisteyn l'avait interrompu :

– Vous nous l'avez déjà dit.

Joseph Meyer avait remarqué à cet instant précis la crispation du visage du vieil aristocrate. Il s'était tu, ressort cassé.

Depuis, hanté par la peur du rabâchage, symptôme de gâtisme, il avait cessé d'envahir les soirées... il y avait encore parfois quelques pétillements, mais les feux s'éteignaient très vite. François de Bazelière devenait vieux par peur de le paraître.

Le même soir, Castellain sortit du bureau d'Andoulard. Ce dernier lui avait raconté que l'un des malades, pétainiste convaincu, lui avait expliqué que les Américains étaient tombés dans le piège, les Italiens avaient dégarnis volontairement leurs défenses en Méditerranée, et en particulier en Sicile, pour qu'ils s'y engouffrent, ce qui permettrait de les écraser plus facilement.

– C'est un vieux con, conclut Andoulard, un beau malade, mais un vieux con. Il est aussi antisémite qu'il a les poumons pleins de nodules. Je suis certain qu'il croit que sa nécrose de la plèvre lui a été refilée par un youpin.

Castellain avait été sur le point de lui révéler qu'en ce qui concernait les youpins, il y en avait une petite colonie dans le fond du parc, mais il se retint. Avant guerre, le médecin-chef ne lui avait pas caché sa sympathie pour les Croix-de-Feu, il ne le croyait pas capable de dénoncer des clandestins à la Gestapo, mais il fallait qu'il résiste à ces pulsions qui le prenaient parfois de partager un secret de plus en plus lourd. A quoi cela aurait-il servi ? Les secrets avaient ceci de particulier que, coupés en deux, chacune des parties pesait aussi lourd que l'ensemble.

En entrant dans son bureau, il y trouva Élisa qui rangeait des dossiers.

– Vous avez encore un visiteur, dit-elle. Il attend depuis trois quarts d'heure.

Castellain fronça le sourcil. Il n'avait pas le souvenir d'avoir noté un rendez-vous si tardif. Par acquit de conscience, il consulta son agenda. Rien n'était indiqué.

– Que vous a-t-il dit ?

– Que vous étiez d'accord pour le rencontrer aujourd'hui. Il m'a affirmé avoir eu hier une conversation téléphonique avec vous. Il a laissé sa carte.

Elle tendit le bristol qu'il examina.

Richard Tardin
Négociant en spiritueux
30, rue du Faubourg-Poissonnière, Paris

Castellain ne connaissait personne de ce nom. La veille, le téléphone n'avait pas sonné une seule fois.

– Il doit avoir un stock de cognac à écouler, ça sent le marché noir à plein nez.

Élisa hocha la tête. Elle lui parut inquiète.

– Ça m'étonnerait. Ce genre de trafic se fait uniquement avec les Allemands, ils sont très amateurs et paient sans marchander.

Elle avait raison mais il pouvait se faire que l'homme ait d'autres choses à vendre. De toute façon, il fallait le recevoir.

– Faites-le entrer.

Il la regarda sortir.

Elle avait mauvaise mine, mais qui, ces temps-ci, offrait un visage resplendissant ?

La porte se rouvrit presque aussitôt, et Tardin entra.

Il avait la cinquantaine et était remarquablement bien habillé. Castellain remarqua avec satisfaction sa petite taille. Le feutre qu'il tenait à la main était d'un gris clair raffiné, de la même nuance que le complet-veston.

– Je ne crois pas me souvenir que nous avions rendez-vous, peut-être s'agit-il d'une méprise.

Tardin eut un sourire. Les dents étaient parfaites mais les gencives trop roses. Un dentier.

– Ce n'est pas une méprise, mais il est exact que je n'ai pas téléphoné. Pardonnez-moi ce mensonge, il nécessite une explication.

– C'est mon avis.

– Une question avant toute chose. Connaissez-vous le groupe Libération ?

Castellain sentit ses orteils se rétracter dans ses chaussures.

La Résistance s'était unifiée depuis quelques mois, mais même si elle obéissait à présent à un état-major unique, chaque organisation avait conservé son identité. Libération était l'une d'entre elles, et l'une des plus importantes.

– Jamais entendu parler.

Si tu crois m'avoir de cette façon, mon bonhomme, tu peux te lever de bonne heure.

– J'apprécie votre discrétion, monsieur le directeur, mais nous allons gagner du temps si nous jouons cartes sur table. Richard Tardin n'est pas mon nom, je ne vends ni vins ni liqueurs, et je pense qu'il est superflu de vous dire que je n'habite pas à l'adresse indiquée.

Castellain avait toujours eu tendance à se prendre pour un imbécile, sa mère le lui ayant répété souventes fois lorsqu'il était enfant. Il décida de surenchérir.

– Mais alors, comment vous appelez-vous ? Et que me voulez-vous ?

Le faux Tardin déboutonna son imperméable et croisa les jambes. Le pli de son pantalon était parfait.

– Je ne répondrai qu'à votre deuxième question. Ce que je veux, c'est votre aide.

– Je ne vois pas en quoi...

– Cigarette ?

Castellain n'avait pas fumé depuis le début du mois. L'homme lui présentait un paquet allemand, des brunes corsées. C'était le tabac qu'il préférait. En fumer une n'était tout de même pas signer un pacte avec le diable.

– Non, merci, dit-il.

L'homme se leva et déposa le paquet sur le bureau. Lui-même n'en avait pas pris.

– J'en ai vendu quarante caisses de cinquante cartouches il y a moins de huit jours, dit-il, permettez-moi de vous l'offrir.

Un trafiquant, rien de plus.

– C'est assez plaisant, j'achète, en gros, aux Allemands, pratiquement à la sortie de l'usine, je revends en France à un colonel de la Wehrmacht qui lui-même revend à un autre diffuseur. Je ne suis en fait qu'un intermédiaire, mais tout ceci est une couverture.

Castellain se souvint qu'il possédait un petit automatique, un 6,35 qui tenait dans le creux de la main. Il devait se trouver dans l'un des tiroirs de son bureau, mais il ne se rappelait plus lequel. De plus, il n'était pas sûr que l'arme soit chargée et, si elle l'était, il en ignorait parfaitement le maniement. En 1936, l'un des malades s'étant suicidé, la police lui avait remis l'arme pour qu'il la rende à la famille, qui n'en avait pas voulu, et il l'avait gardée. Pourquoi y pensait-il en ce moment ? Ce type n'avait pas l'air dangereux. La nervosité sans doute.

– Une couverture, pour quoi ?

– Je suis responsable de réseau, au Conseil national de la Résistance.

Castellain fit craquer le cuir du fauteuil. Ce type pouvait mentir ou pas... Dans les deux cas, il fallait se tenir sur le fil.

– Je dirige un hôpital, dit-il, pour moi il n'existe que des malades, je n'ai pas à prendre parti, dès lors que...

L'homme se pencha soudain en avant. Il semblait souffrir, puis il murmura quelque chose que Castellain ne comprit pas.

– Qu'avez-vous dit ?

Le visage réapparut en se relevant ; son sourire révélait une tristesse maîtrisée.

– Je vous demandais comment allait Sarah : je suis son père. Mon vrai nom est Adrien Zackman.

Castellain ne devait jamais oublier les heures qui suivirent et le récit que lui fit son visiteur. Pour ne pas attirer l'attention du personnel de service, il l'emmena dans ses appartements et, tout en l'écoutant, il fuma avec une avidité enfantine le paquet de cigarettes que son hôte lui avait offert.

La veille, avait raconté Zackman, une « livraison » devait avoir lieu. La procédure était complexe et le message à transmettre en provenance de Londres avait été mémorisé par l'un des membres du réseau. Le rendez-vous était fixé à Paris, sous la statue de Charlemagne, près des jardins de Notre-Dame.

A l'heure dite, le transmetteur, dont le nom de code pour l'opération était « Marseille », se mit en attente, le journal *La Gerbe* sous le bras.

Comme convenu, il le fit tomber et se baissa pour le ramasser.

L'un de ses camarades, Martereau, se trouvait en protection devant l'Hôtel-Dieu, un autre devait déboucher du pont au Double, qui relie la rive gauche à l'île de la Cité.

Lorsque « Marseille » se releva, il vit en effet un homme venir vers lui avec, comme prévu, le même journal à la main, mais en un seul regard, il enregistra deux informations : le porche de l'Hôtel-Dieu était soudain vide, Martereau avait disparu, et Bretagne, qui aurait dû apparaître à l'angle du quai, ne se montrait pas.

Son contact avançait vers lui et se trouvait à mi-chemin, il lui restait dix secondes pour prendre une décision.

« Marseille » croyait en l'instinct. Depuis le début de l'après-midi, il lui avait semblé que quelque chose ne tournait pas rond. Il avait passé deux heures au cinéma et avait vu *Goupi Mains rouges* dans une salle des Champs-Élysées puis il avait longé les quais, s'était arrêté aux caisses des bouquinistes à plusieurs reprises ; il faisait beau et la foule était trop dense pour qu'il puisse se rendre compte s'il était suivi ou non. En atteignant le quai de la Mégisserie, son malaise s'était accentué sans raison. Il s'était secoué. Ce n'était pas sa première mission, il avait participé à une bonne douzaine d'opérations de ce genre, et toujours sans encombre.

Il regarda venir vers lui le porteur de journal et une autre évidence le frappa.

Depuis qu'il se trouvait devant la statue de bronze, plus une seule voiture n'était passée rue d'Arcole.

Il n'y en avait plus beaucoup, les bons d'essence venaient d'être encore contingentés depuis le début du mois, mais tout de même, un pareil silence ne pouvait rien devoir au hasard. Un barrage avait été installé.

Sa main jaillit de la poche de son veston et il tira trois fois, le bras tendu. Les détonations firent jaillir les pigeons, lancés en fronde vers les toits. Sans attendre de voir tomber sa cible, il passa la grille du square en saut de haie et fusa à travers le jardin. En une fraction de seconde, il franchit le pont Saint-Louis et fut dans l'île.

Il essuya des coups de feu et ne sut jamais comment il s'était retrouvé dans le dédale des ruelles qui s'enchevêtraient entre l'Hôtel-de-Ville et la rue Saint-Paul. C'est là qu'il se perdit. Pas question d'utiliser les adresses servant habituelle ment de boîtes aux lettres, il ne pouvait contacter personne. Il était isolé.

Quelqu'un avait parlé.

Ce n'était pas le moment de se demander qui. Des arrestations avaient pu avoir lieu, et la Milice ou les gens de la Gestapo étaient arrivés à soutirer des renseignements par la torture, ou plus vraisemblablement une taupe s'était infiltrée dans le réseau et avait donné les noms. Il suffisait qu'une maille lâche pour que tout le tricot se dévide.

Il entra dans un café rue Saint-Antoine, commanda un panaché et fila aux toilettes. Il monta sur la cuvette et glissa son revolver à l'intérieur de la chasse, il le colla contre la paroi de façon qu'il ne gêne pas le fonctionnement d'arrivée et de sortie de l'eau. Il déchira en petits morceaux cartes d'identité, d'alimentation et permis de conduire, puis il jeta le tout dans la cuvette. C'est en procédant à cette opération que l'idée lui vint : s'il s'en sortait, il aurait besoin d'un jeu de faux papiers. Il connaissait l'imprimeur qui travaillait pour le groupe. Il habitait à Villeneuve-Saint-Georges, au fond d'une cour dans la zone maraî-chère. Il fallait y aller, ce n'était pas prudent mais il n'avait pas le choix.

Ce soir-là, « Marseille » ne rentra pas chez lui. Il pensa d'ailleurs qu'il ne rentrerait plus jamais chez lui. Il dormit les deux nuits qui suivirent dans deux endroits différents et sonna le troisième jour à la porte de l'imprimeur.

Celui-ci était au courant de la neutralisation du réseau par l'occupant : ils étaient cinq à s'être échappés sur les dix-sept qui le composaient. Deux étaient morts, l'un en tombant d'un toit par lequel il cherchait à s'enfuir, l'autre avait réussi à sauter dans sa voiture mais avait été abattu au volant, en tentant de franchir un barrage porte de la Chapelle. Tous les autres étaient au secret.

Quant aux cinq rescapés, ils devaient composer un numéro et demander combien de chatons étaient nés et quelle était leur couleur. S'il leur était répondu que l'un d'entre eux était blanc et

271

les autres noirs, ils pourraient en confiance se rendre au rendez-vous qui leur serait donné. Ils seraient pris en charge par un nouveau responsable chargé de reconstituer le réseau.

Zackman acheva son récit alors que la nuit était tombée.

– Vous l'avez deviné, ce responsable, c'est moi, et je dois, pendant environ un mois, offrir une cachette sûre à trois de ces lascars, le temps que les choses s'apaisent.

Castellain, depuis un certain temps, sentait la migraine poindre à ses tempes, elle s'accentua brutalement. Je somatise, pensa-t-il, incroyable comme je suis si peu aventurier, le moindre changement, et c'est le remue-ménage dans mes neurones. Je sais ce qu'il va me proposer et je donnerais dix ans de ma vie pour qu'il ne le fasse pas.

– Comprenez-moi, dit Zackman, vous offrez l'un des meilleurs asiles qui soient, aucun Allemand n'est jamais venu fourrer son nez dans vos affaires, ma femme et ma fille font partie de vos protégés, comment vouliez-vous que je ne songe pas à vous !

Le directeur hocha négativement la tête.

– Je ne peux accepter personne, dit-il, ce n'est pas une question de place, mais de subsistance, j'ai de plus en plus de difficultés à prendre sur la part de l'hôpital pour nourrir mes clandestins, et je ne peux me permettre, étant donné le budget dont je dispose, d'acheter davantage de denrées au marché noir. Si jamais nous devons passer un nouvel hiver, il ne sera même plus possible de chauffer un minimum et ce sera invivable.

Zackman pianota sur son genou rond. Castellain, qui l'examinait, pensa que si, dans les temps futurs, on érigeait une statue aux héros de la Résistance, l'homme qu'il avait devant lui ne pourrait sûrement pas servir de modèle. Un vrai dandy.

– Je sais tout le tracas que ces nouveaux arrivants peuvent vous occasionner, mais permettez-moi de vous faire trois remarques. La première, c'est que ces hommes sont des combattants, des soldats, et que vous n'aurez aucune plainte émanant d'eux. Ils feront tout pour se faire oublier, et même pour vous apporter une aide, si vous en exprimez le désir. La deuxième chose est que vous recevrez demain la visite d'une jeune femme répondant au nom de Mlle Vergne. Elle vous remettra une somme d'argent qui vous permettra d'avoir accès au marché noir pour l'ensemble de vos clandestins.

– Combien ?

– Je suis incapable de vous préciser la somme exacte. La seule chose que je sache, c'est que les liasses seront en billets de dix mille et que le tout tiendra dans une boîte à chaussures. Pleine, évidemment.

Castellain soupira.

Un risque. Comment les autres prendraient-ils ça ? Ce pouvait être positif : un peu de sang frais viendrait revigorer les anciens... peut-être faudrait-il d'abord leur en parler – ils étaient les premiers intéressés –, organiser un vote...

– Vous avez parlé de trois remarques. Quelle est la troisième ?

Zackman écarta les bras.

– Elle est simple et j'aurais pu commencer par cela : vous n'avez pas le choix.

– Je m'en doutais, dit Castellain, merci de n'avoir pas été aussi brutal. D'une certaine manière, ça règle le problème. Vous me les envoyez quand ?

– Ils seront là dans le courant de la nuit prochaine.

Le soir était un bain tiède, l'eau rousse du crépuscule avait imbibé le parc. Étrange fin de jour, c'était dans l'été une trace d'automne, une préparation. A cette heure, les colonnes du théâtre avaient tourné au mandarine... le vieux théâtre oublié par la guerre... Ils seraient onze bientôt dedans.

– Ne dites ni à ma femme ni à ma fille que vous m'avez vu. Elles me croient en sûreté en Amérique du Sud.

274

Castellain acquiesça.

– Elles vont bien, dit-il, Sarah grandit, elle lit beaucoup. Votre femme est maintenant intégrée au groupe.

– J'ai eu peur pour elle, dit Zackman, elle n'est pas très sociable... même avant la guerre, elle n'aimait pas les soirées, le monde.

– Cela se passe bien.

– Tant mieux.

Ils s'étaient tout dit. La nuit était entrée dans la pièce.

– Tout cela va finir, dit Zackman. Tout cela va bien finir.

– Quand ?

Zackman eut un geste vers sa cravate.

– Je n'aime pas les estimations, encore moins les pronostics. Plus notre combat sera intense, moins cela durera, c'est la seule chose que je m'autorise à savoir.

Castellain ne le distinguait plus à présent... une présence imprécise, dissoute dans la pénombre dont les grenats allaient s'assombrissant. Il devina plus qu'il ne vit que son visiteur s'était levé.

– Gardez-les bien, soyez prudents, dit-il. Lorsque je reviendrai, nous déboucherons le champagne.

– Je ferai de mon mieux, murmura Castellain.

Leurs mains se manquèrent, puis se trouvèrent.

Ils ne se voyaient plus et cela n'avait pas d'importance. Chacun se souviendrait du visage de l'autre, anodin, un passant pressé dans une rue, une ombre anonyme sous le rebord d'un feutre... rien qui puisse arrêter le regard...

Edmond avait la voix de Reda Caire.

Un verre filé, nasal, un timbre mouillé, féminin et enjôleur :

– « Ses yeux perdus voient le ciel... »

Tous applaudirent.

C'était d'autant plus surprenant qu'Edmond arborait une carrure de déménageur. On s'attendait, à le voir, à un son d'outre-tombe, et dès qu'il ouvrait la bouche, il en sortait ces notes flûtées, presque enfantines.

– Une autre ! demanda Marina Kaplan, vous devez en connaître d'autres, j'en suis sûre.

Edmond rit.

Il se tenait debout à l'avant-scène, les autres s'étaient éparpillés dans la salle. Il faisait chaud. La radio annonçait des températures records pour la saison. Dans les loges, l'atmosphère devenait étouffante.

Sarah balançait ses jambes, les pieds nus dans ses sandales.

– Fais-nous Joséphine Baker, dit Bruno, allez,

fais-nous Joséphine, il est formidable en Joséphine.

Élisa intervint :

– Sarah et moi, on peut faire les danseuses derrière.

– Pas question, protesta Sarah, ou alors les autres aussi.

– Formidable, dit Élisa, on y va toutes... j'ai tant rêvé d'être girl dans un music-hall, allez, venez.

Edmond s'éclaircit la voix.

– *J'ai deux amours*, dit-il, vous connaissez *J'ai deux amours* ?

Les femmes montaient sur scène.

– Qu'est-ce que l'on doit faire exactement ? demanda Eleonora Zackman.

– On remue les hanches, dit Élisa. Tout est dans les hanches, en cadence, évidemment.

Sylvain quitta son siège et vint s'asseoir à côté de Joseph Meyer.

– Votre moral est en berne, dit-il.

Meyer ne protesta pas.

– Vous l'avez constaté ?

– Difficile de faire autrement, vous n'avez pas décroché un mot de la soirée.

– Je ne supporte pas ce Gérard.

C'était le troisième arrivant. Un intellectuel, résistant de la première heure, qui se posait déjà les problèmes politiques de l'après-guerre à coups d'hypothèses répétitives. Les communistes reviendraient en force et tenteraient de prendre le pouvoir, mais la France ne basculerait pas dans le marxisme ; elle n'y était pas prête, la droite s'était déconsidérée pour un demi-siècle en jouant, pour sa majeure partie, la carte de la collaboration par crainte du péril rouge. Restait de Gaulle au-dessus du conflit qui pourrait prendre le pouvoir, mais en avait-il envie ? S'il se retirait, il faudrait quelqu'un pour limiter les dégâts, mais qui ? On devait aussi compter avec le retour des anciens, Reynaud, Daladier... Ce serait la curée.

Un penseur, intempestif, filandreux, théorisateur.

Dès le troisième repas pris en commun, la fatigue des autres était palpable... Gérard s'était trouvé isolé en bout de table.

Sylvain s'en était ouvert à Bruno :

– C'est délicat pour nous parce qu'on ne le connaît pas bien, mais si tu pouvais lui dire d'arrêter de faire la classe...

Bruno avait levé les bras au ciel.

– Ça fait six mois que je le fréquente, et six mois que je le lui dis, mais c'est impossible. Dis aux autres d'être patients, à part son défaut, c'est un type bien, et courageux : sa femme a été arrêtée en novembre, elle travaillait avec lui, c'est peut-être pour cela qu'il parle beaucoup.

Sylvain aimait bien Bruno. Edmond était le joyeux drille, Gérard, le bavard intempestif. Bruno était l'intermédiaire, il avait été facteur avant guerre près de Metz, il conservait une pointe d'accent lorrain et une tête ronde aux yeux étonnés qui semblaient, à chaque regard, découvrir le monde.

Tandis que les femmes s'apprêtaient à danser, Sylvain avait expliqué à Joseph Meyer que, sans doute, il serait momentanément peu charitable de vouloir stopper la logorrhée de Gérard. Il valait mieux se concentrer sur le fait que l'arrivée des trois hommes avait amélioré l'ordinaire. Élisa lui avait fait part d'une rentrée de subsides. Castellain n'avait pas voulu en révéler davantage.

– « J'ai deux amours,
   Mon pays et Paris... »

Derrière Edmond, la main sur le cœur, les femmes ondulèrent en cadence.

Sylvain regarda sa mère. Il aurait juré qu'elle ne s'était jamais autant amusée. Elle se tenait entre Sarah et Élisa. Une liane dans la brise d'Afrique, pensa-t-il... Andrea Meyer et Eleonora Zackman se trémoussaient avec une application digne d'éloges.

– « Ma savane est belle... »

Le rire de Sarah fusa, entraînant celui des autres. Edmond acheva son trémolo et la salle applaudit.

Sylvain regarda Élisa. Était-ce de la voir avec le recul particulier que conférait la scène aux spectateurs ? Il la trouva soudain amaigrie. Comment était-il possible qu'il n'y ait pas prêté, jusqu'à présent, attention ? Elle était dans ses bras chaque nuit pourtant, et c'était, comme au premier jour, la même impatience, le même désir, la même force douce. Il se réveillait dans le noir et écoutait son souffle. Son sommeil était si profond qu'il se disait parfois que rien ne pouvait être à la fois plus proche et plus lointain qu'une femme endormie que l'on serrait contre soi. C'était elle, totalement présente et livrée, une peau, une chair devenues siennes par la chaleur du contact. Il en était ainsi depuis leur première fois. Et, au centre des nuits, dans le tourbillon immobile du sommeil, elle lui semblait plus éloignée que les planètes du bout de l'univers ; dans quel monde errait-elle, minuscule et voyageuse. C'était sa fuite, insupportable et douce, son échappée. Tout réveil était un retour du bout des galaxies, l'étoile des confins du ciel s'incarnait s'étirait, se lovait, grognait, triturant l'oreiller. Élisa entière, enfin reconstituée, revenue. La nuit les séparait, et chaque matin était fête. Dehors, la guerre s'était répandue, elle avait infesté jusqu'aux herbes du parc, elle n'était pas seulement dans le bruit des sirènes lors des raids alliés ou dans la ritournelle de Radio-Londres, elle était aussi dans l'inférieure qualité de l'azur d'été... Marina Kaplan le disait à peine en plaisantant « avant guerre, le ciel était plus bleu »... tout avait changé, ils vivaient dans un monde rétracté, affadi, mais au matin, Élisa naissait contre lui, et cela seul comptait. Si après survenaient les contingences, l'essentiel s'appelait Élisa.

Elle vint vers lui, s'agenouilla dans la rangée de fauteuils.

– Comment j'étais ?

– Magnifique, dit Sylvain, une impression de sensualité débordante, et pourtant maîtrisée par l'harmonie du geste.

– Et vous, monsieur Meyer, comment m'avez-vous... merde !

Sylvain tourna la tête vers son voisin. La peau était d'un blanc de porcelaine, la nuque s'était renversée sur le dossier.

Élisa se releva, desserra le col du professeur.

– Joseph !

Andrea Meyer courait déjà vers lui.

Sylvain se leva.

– Laissez-lui de l'air, écartez-vous, c'est un malaise.

Bruno s'approcha.

281

– Il faut le transporter sur son lit... doucement.

– Laissez-moi faire, dit Edmond.

Le colosse se baissa et souleva le malade. Les yeux de Joseph Meyer s'ouvrirent, le plafond défilait au-dessus de lui... C'était agréable, les choses émergeaient peu à peu. Tout avait été blanc soudain, un paysage polaire d'où même les reflets avaient disparu, et puis il s'était enfoncé dans un coton vertigineux, une chute blanche que rien ne pouvait arrêter... Il revenait à présent, il n'avait pas pu savoir ce qu'il y avait après les neiges. La lumière était éclatante, c'était un voyage éblouissant, il en revenait brisé, mais intact, avec juste cette douleur sous la clavicule.

Les murs pivotèrent et il fut dans sa loge, on l'allongeait sur le lit.

– C'est fini, ne vous inquiétez pas, c'est passé...

Des visages sur lui... ils avaient envahi l'espace trop étroit. Il sentit un verre contre ses dents, le goût amer de la digitaline. Voilà, ça allait mieux à présent. Simon Greisteyn au-dessus de lui... comment pouvait-on avoir autant de poils dans le nez... il le lui dirait.

Sylvain et Élisa sortirent de la pièce.

Dans l'étroit couloir, Eleonora Zackman attendait.

– Comment va-t-il ?

– Mieux. Il revient à lui, ce n'est rien, une faiblesse.

Il fallait rassurer, c'était facile : on pouvait tout mettre sur le dos des restrictions, de l'attente, de l'angoisse, du manque d'exercice, et puis Joseph travaillait à son livre, peut-être trop.

Lorsqu'ils furent seuls à nouveau sur la scène, Élisa parla :

– Il lui faut un médecin absolument, il est cardiaque, on ne peut plus se contenter de le coucher et de lui faire boire ses gouttes, cela ne sert plus à rien.

– Demande à Castellain, dit Sylvain.

Elle avait toujours craint que l'un d'entre eux ne tombe malade, qu'un médecin ne doive venir au théâtre. Jusqu'ici, ils avaient échappé à ce problème... Un rhume de Sarah pendant l'hiver, Marina et son arthrite, Greisteyn et ses maux d'estomac, tout cela pouvait se résoudre facilement, aujourd'hui les choses étaient différentes.

Ce médecin, il faudrait le choisir, être sûr de lui. Il pouvait suffire d'un bavardage, une simple imprudence, une confidence, et la Gestapo rappliquerait, il y allait de la vie de onze personnes.

– Je lui en ai déjà parlé, aucun de ceux qui travaillent au sana ne lui a semblé sûr.

Il claqua des doigts.

– On va demander à Bruno, il doit bien y avoir

un toubib résistant dans la région, et s'il existe, il doit le connaître.

Ce fut Gérard qui trouva la solution. Il était l'ami d'un médecin dont il répondait comme de lui-même. Il saurait tenir sa langue. Il habitait près de Montlhéry, ce n'était pas très loin, mais téléphoner n'était guère prudent.

– J'irai, dit Élisa, une balade en bicyclette...

Quelques heures plus tard, François de Bazelière décida de rendre visite aux Meyer. Il gratta à la porte et entra. Joseph, adossé aux oreillers, lui sourit. Près de lui, Andrea Meyer reprisait.

– Ambiance familiale, dommage qu'elle n'ait pas pour cadre une bonne vieille maison centenaire au sol fertilisé par les ossements des générations anciennes. Vous offrez une image d'éternité dans un endroit de passage, une loge de théâtre est un lieu dérisoire, le clown s'y grime et l'acteur s'y livre aux angoisses.

– Vous retrouvez la forme, dit Joseph, depuis quelque temps, on ne vous entendait plus pérorer, et cela nous inquiétait.

Il revissa le capuchon de son stylo et referma le cahier d'écolier sur lequel il écrivait. Il en avait déjà rempli quatre piles rangées sous le lit.

– Voulez-vous une infusion ? proposa Andrea. Nous avons épuisé la ration de thé.

– Merci, dit de Bazelière, c'était une simple visite protocolaire pour prendre de vos nouvelles, et surtout, et c'est là que je voulais en venir, pour prendre congé.

Joseph Meyer s'installa plus confortablement sur son lit de camp dont la toile craqua.

– Qu'est-ce que vous nous racontez là ?

– C'est décidé. Mon manoir a été investi par les Allemands voilà plus d'un an, ils ont d'autres chats à fouetter aujourd'hui que d'en rechercher le propriétaire. Je m'en vais.

– Ne faites pas l'imbécile, dit Joseph, lorsqu'un nom est sur leurs listes, il y reste. Vous serez arrêté au premier contrôle.

– Il n'y aura pas de contrôle. Et puis, autant vous l'avouer : il est extrêmement difficile à un antisémite convaincu de vivre vingt-quatre heures sur vingt-quatre avec des gens aussi juifs que vous.

– J'aime quand vous plaisantez, dit Andrea Meyer, c'est toujours tellement plein de tact et de délicatesse.

– Êtes-vous réellement antisémite ? demanda Joseph.

– Par tradition. Cela fait partie de la panoplie qu'un de Bazelière reçoit dans son enfance.

285

Il se leva, embrassa Andrea et serra la main de Joseph.

– Je pars, dit-il. J'ai simplement envie de faire le tour de mes murailles, de revoir les ardoises des échauguettes. Un voyage tout bête.

– Ne faites pas cela, reprit Joseph. Nous n'avons pas le droit de bouger d'ici, c'est mettre les autres en danger.

En même temps qu'il les exprimait, Meyer prenait conscience de l'inutilité de ses paroles. Il y avait dans les prunelles de l'aristocrate une douceur souriante de plus en plus inébranlable.

– Aucune pierre ni aucune toiture ne vaut la peau d'un homme, dit Andrea, si vous ne savez pas cela, c'est que vous êtes si bête que les boches auront raison de vous pendre.

– Andrea, ne dis pas cela, protesta Joseph.

De Bazelière ouvrit la porte et sortit. Sur le seuil, il se retourna.

– Je suis baron, dit-il, c'est très peu de chose, mais ça remonte à loin.

Il traversa le couloir et s'arrêta devant la porte de Simon Greisteyn. Il perçut à travers l'épaisseur du battant le ronflement de son compagnon. Il posa la paume sur le bois, sans appuyer comme il l'aurait fait sur une épaule fragile et amie. Il s'était beaucoup moqué de lui, la raison en était que, sans doute, il l'avait bien aimé. Longue vie,

Simon, bacilles dedans et Gestapo dehors, les temps sont durs, je souhaite que tous les dieux d'Israël soient assez costauds pour te protéger.

François de Bazelière quitta le sana de Bligny le soir même. Lorsque les Meyer prévinrent les autres qu'il les avait avertis de son départ, Sylvain et Eleonora Zackman se rendirent dans sa loge. Le lit était fait et, pour la première fois depuis plus d'un an, il avait balayé.

Il se rendit effectivement à Bazelière. La demeure était abandonnée et son accès interdit. Les avoines folles avaient poussé jusqu'à hauteur d'homme. Deux volets du premier étage avaient disparu et des vitres avaient été brisées. En grimpant sur le mur d'enceinte, il put constater que certains panneaux des serres s'étaient effondrés. Il continua son voyage vers l'ouest et atteignit l'océan quelques jours plus tard.

Il se trouvait dans le pays de Retz.

Le bord de la mer était interdit, les canons des blockhaus visaient les vagues longues, les rouleaux aux lents et réguliers fracas... le mur de l'Atlantique.

Il s'assit un soir dans les dunes, regarda se découper sur le ciel les ombres chinoises des sentinelles sur les toits de béton, et descendit sur le sable. Le vent du large s'était levé et frisait la plage. Il ouvrit son sac qui ne l'avait pas quitté depuis son départ de Bligny et, en se tortillant derrière une ondulation, il se déshabilla et revêtit la robe qu'il aimait le plus, un peu trop épaisse pour la saison, mais cela avait peu d'importance. Il serra autour de ses chevilles les lanières de ses escarpins et, comme il l'avait fait tous les soirs de sa vie avant de s'endormir, il passa sur sa bouche le bâton carminé du rouge à lèvres. Quelques secondes, le parfum sucré du fard supplanta la force amère du varech. Lorsque ce fut fait, il réfléchit une dernière fois : le monde qui allait naître, quel qu'il soit, n'offrirait pas de place à un vieux pédéraste transformiste, rejeton ultime de l'une des plus vieilles familles de la noblesse disparue... mais l'ancien lui en avait-il jamais offert ? L'homme de garde chargé de surveiller la rade ne vit même pas l'ombre qui s'enfonçait peu à peu dans les reflets lancinants de la mer sous le tournoiement cruciforme des mouettes et le couvercle ourlé des nuages filant, effilochés, vers l'autre côté de la terre.

C'était une bête proche et blessée, un meuglement qui n'en finissait pas.

Sylvain se dressa sur le lit et chercha sur la table de nuit les aiguilles phosphorescentes de sa montre. Il était près de deux heures du matin.

Derrière le vacarme des sirènes, quelque chose

montait, un son qui envahissait la nuit. Par l'intervalle entre les rideaux, il y eut un éclair rapide qui s'éteignit et réapparut aussitôt. Les défenses antiaériennes de Villacoublay. Les projecteurs fouillaient le ciel, cherchant l'aviation alliée.

Élisa écarta les couvertures et se leva. Sans un mot, elle traversa la chambre et colla son front contre les carreaux.

Sylvain la rejoignit et la prit contre lui. Elle était brûlante.

La note grandissait, un archet lent sur une corde grave, elle venait du fond de l'espace... une multitude d'escadrilles submergeraient tout.

– Ils vont sur Trappes, dit-il.

C'était la cible depuis quelques jours, une plaque ferroviaire d'intérêt stratégique.

Il la sentit trembler.

Une porte claqua à l'étage, quelqu'un passa en courant devant leur porte. Tous descendaient aux abris. Castellain, la semaine précédente, avait fait procéder à des exercices.

Sylvain pensa aux autres dans le théâtre. Eux ne bougeraient pas. Ils écouteraient du fond de leur lit les déflagrations sourdes des bombes. Edmond et Bruno commenceraient une belote à la lampe électrique, Sarah et le vieux Meyer ressortiraient leur échiquier pour chasser la peur.

Elle se laissa aller contre lui et il sentit la vibration de sa peau. Que se passait-il ? Elle n'avait pas peur d'ordinaire, elle ne regagnait même pas les caves avec les autres.

La chambre s'illumina à nouveau et, lorsqu'elle se tourna vers lui, il vit les larmes sur ses joues.

– Qu'est-ce que tu as ?

Elle secoua la tête, les boucles cachèrent ses yeux. Les avions étaient sur eux à présent, une formation géante, un bruit continu, s'amplifiant.

– Réponds-moi, qu'est-ce que tu as ?

Contre la paume de sa main, il sentit la sueur sur les omoplates. Non. Il ne fallait pas que ce soit ça, il ne fallait pas que ça recommence. Pas elle, n'importe qui, mais pas elle.

– C'est revenu. Explique-moi, raconte.

Élisa s'était juré qu'elle ne lui dirait rien, c'était inutile, mais elle y pensait à présent à chaque seconde ; elle avait eu deux hémorragies légères, elle savait que c'était fréquent, elle avait lu des livres sur la maladie, les saignements n'étaient jamais mortels, mais lentement, le rat dévorait le poumon. Dans le noir de la chambre, elle voyait les incisives briller, l'ivoire rapide et coupant... parfois, il s'arrêtait, tapi dans un recoin des alvéoles, et il reprenait le grignotage fatal, il grossirait, deviendrait énorme, lui volant l'air et la vie, il continuerait à la bouffer lorsqu'elle serait morte, la bête intérieure nourrie de ses propres organes.

Ils sentirent les premières bombes tomber, c'était imperceptible, un frémissement des planchers, un séisme lointain.

Il la laissa parler, serrée contre lui. Les coups plus clairs de la D.C.A. montaient en rafales. Il songea que le sanatorium était vide, une coquille désertée, ils étaient les seuls dans le navire, les survivants dans l'orage.

– Il faut que tu voies Andoulard, tu ne peux pas rester comme ça.

Elle se cabra. C'était justement ce qu'elle ne voulait pas ; Andoulard l'hospitaliserait, il faudrait recommencer les soins, les cures de repos... Qui s'occuperait des habitants du théâtre ?

– Castellain se débrouillera.

– Ce sera plus difficile pour nous voir.

– Là, c'est moi qui me débrouillerai...

Elle se laissa aller, lâchant les rênes trop longtemps serrées, abdiquant. C'était trop dur, trop douloureux de se taire, de garder ce secret en elle. Elle se livrerait, il lui faudrait passer des radioscopies, recommencer un autre combat, mais il y en avait tant eu, et Sylvain serait là pour l'aider, elle maintiendrait le cap pour lui, grâce à lui.

– Regarde...

La nuit s'illuminait d'un feu d'artifice mortel. Ils pouvaient suivre les tirs des balles traçantes. Il y avait des lueurs au nord tels des éclairs de chaleur au cours des orages d'été, les pinceaux des projecteurs se croisaient, se recoupaient, disparaissaient, cherchant leurs proies. Le matin même, ils avaient appris que Catane était tombée. Ils eurent l'impression d'une fureur majestueuse, le spectacle de la mort, fulgurante et théâtrale : lorsqu'il l'embrassa, il vit dans les yeux de la jeune femme le reflet miniaturisé des explosions, autour de son cou, ses bras pesaient à peine.

Tu vivras, je te soignerai, la guerre va finir, l'Allemagne ne tiendra plus longtemps, elle gît déjà, à moitié écrasée sous les tonnes de bombes.

Au-dessus d'eux, la deuxième vague passa. Des aigles noirs, planant, des images de ferrailles emmêlées, de pans de murs éventrés, tout cela se fondit lorsqu'il la renversa sur les draps tièdes. Les explosions percutèrent en chapelets les unes dans les autres. A la lueur intermittente, il n'entendit pas son cri lorsqu'il la pénétra, la bouche noire ouverte, les yeux immenses distendus par l'incendie et le plaisir. C'était elle, et c'était lui, à jamais. Ce le serait toujours, dans la guerre et dans la paix, dans la nuit de tous les vacarmes, dans les vallées sereines du soleil, sous les pluies d'automne : ils triompheraient de tout, il ne pouvait en être autrement, ils seraient deux...

Les forteresses volantes s'éloignaient, cargaisons lâchées, elles devaient filer, plein nord, vers l'Angleterre... elles reviendraient, inlassables, entêtées, minutieuses...

Elle le mordit à l'épaule et il perdit pied avec elle, entrant dans la spirale tourbillonnante de l'oubli, découvrant à nouveau le spasme péremptoire qui le laissa vidé avec, contre son oreille, le martèlement régulier et profond du cœur de la femme qu'il aimait.

Il y eut une ondée brutale le lendemain matin, l'été avait été sec et l'herbe du parc était jaunie. Castellain, qui venait d'achever de nouer sa cravate, se mit à la fenêtre, et il lui sembla que chaque feuille se dilatait pour recevoir au creux de ses nervures les plus profondes la manne liquide : c'était un épanchement général, une aspiration de toutes les fibres vivantes. Il regarda le ciel et en conclut que la pluie ne durerait pas, que ce ne serait pas suffisant pour que les gouttes pénètrent jusqu'aux racines des plantes, c'était un répit, mais la grande soif ne serait pas apaisée.

Il descendit les escaliers, croisa les deux filles de salle ; leurs seaux dégageaient une forte odeur d'eau de Javel. Il avait toujours détesté cela.

Il gagna son bureau.

Du courrier à expédier. On aurait pu croire qu'avec la guerre l'administration et ses formalités avaient été affaiblies, c'était l'inverse, jamais il n'y avait eu autant de papiers à remplir, de formulaires, de tampons à obtenir, de signatures, de paraphes à authentifier... les autorités allemandes venaient en point d'orgue ; au bas des pages devait figurer l'aigle grasse à l'encre épaisse surmontant le svastika... et des signatures encore, des responsables de Kommandantur, de la préfecture, des autorités de Vichy, des sbires ratifiants aux plumes crachotantes dans leurs blouses grises d'écolier... Il suffisait de remplir les demandes pour voir surgir un monde de bureaux peuplés d'êtres sans sourire, aux cheveux plaqués et aux méfiances tatillonnes... lèvres minces et glacées... qui étaient-ils ? Il prit la pile de lettres rédigées la veille à l'intention des différents services du ministère. Elles devaient partir à la levée de onze heures.

Il se leva et se heurta à Élisa qui s'apprêtait à entrer dans le bureau.

– Vous pourriez donner un coup de vélo jusqu'à la poste ? Certaines lettres sont urgentes.

– Bien sûr.

Elle semblait moins tendue. Elle portait une robe paille qu'il ne lui avait jamais vue.

– Je voudrais vous voir après, quelques minutes... confidentiellement, dit Élisa.

Il la regarda, étonné.

– Bien sûr. Quelque chose ne va pas ?

– Je préfère vous en parler tout à l'heure.

Son sourire le rassura, il la regarda s'éloigner. Elle n'est pas pour les avortons de ton genre, t'es bien trop petit, mon ami, t'es bien trop petit, mais oui...

Elle fourra le courrier dans les sacoches, grimpa en selle et franchit la grille. La pluie avait cessé depuis peu de temps, il restait encore une goutte suspendue à la pointe de chaque herbe... une rincée légère de ménagère négligente, mais qui avait suffi pour donner au matin un air neuf, c'était pimpant sur les collines ; en bas dans le vallon, le village brillait, lavé de frais.

Les pneus chuintaient sur l'asphalte encore mouillé et, à chaque soubresaut, la sonnette tintait. Elle en resserra la coquille et sifflota. Elle se sentait admirablement bien.

En arrivant sur les pavés de la rue centrale du village, ses poignets tremblèrent sur le guidon. Elle descendit et entra dans la poste. Derrière le grillage du guichet, Mme Sautereau lui sourit.

– Eh bien dites donc, vous n'êtes pas venue pour rien.

Élisa répondit, acceptant la conversation avec plaisir : ici, tout le monde la connaissait, il y avait un charme, un peu celui de la campagne.

– Vous avez entendu cette nuit ? Enfin, quand je vous demande si vous avez entendu, c'est une façon de parler, parce que je me demande qui aurait pu ne pas entendre, à part les sourds.

– Vous croyez que c'était sur Trappes ?

– Ils ont visé aussi la voie ferrée, plus au sud, le journal dit qu'il y a plus de cent vingt morts, mais vous savez, ce que disent les journaux... En tout cas, ils étaient trop haut pour viser ; comme m'a dit mon mari, ils veulent pas se faire descendre, alors ils montent et c'est le civil qui trinque !

Elle acheva de coller l'effigie de Pétain sur les enveloppes et rendit la monnaie.

– Au revoir, madame Sautereau.

– Au revoir, mademoiselle Marin, et bonjour à tous là-haut.

C'était drôle, elle l'avait remarqué depuis son arrivée à Bligny, les gens ne parlaient jamais du sanatorium, ils disaient toujours « là-haut ». Il n'y avait pas de malades, il y avait les gens de « là-haut ».

Élisa reprit sa bicyclette et s'engagea dans la rue Villeneuve qui ne portait plus le même nom qu'avant guerre ; beaucoup d'artères avaient été débaptisées, c'était autrefois l'avenue Vaillant-Couturier. Il ne fallait être ni communiste ni juif si l'on voulait rester dans les mémoires...

Le timbre au-dessus de la porte de la mercerie tinta. Il faisait sombre dans la boutique, avec une odeur fade de navet venant de la cuisine.

– Bonjour, Élisa, on ne vous voyait plus ces temps derniers.

M. Grangier tenait la boutique. Cela lui avait fait drôle dans les débuts : d'ordinaire, les merceries étaient tenues par des mercières. Disait-on seulement un mercier ? Pourtant, toute sa vie Gustave Grangier avait évolué dans les boutons, les cordons, les rubans, les fils de soie, les bobines, les galons et les aiguilles, avec une aisance compétente.

– Je voudrais de l'élastique, deux bons mètres.

Les yeux de Grangier papillonnèrent.

– Vous ne voulez pas aussi trente pelotes d'angora ? Où voulez-vous que je vous les trouve ?

C'était pour les slips de Sylvain, la ceinture se détendait et glissait sur ses hanches. Ils en avaient plaisanté ensemble et elle lui avait promis de faire un peu de couture.

Grangier, d'un geste large, désignait les tiroirs qui recouvraient les murs.

– Tout est vide, il me reste des boutons, des pressions, du fil de couleur et des œufs à repriser.

– Faites un effort, monsieur Grangier, c'est pour quelqu'un de là-haut...

Il soupira, se pencha sous le comptoir, s'approcha du mètre de bois fixé à la table par un socle de cuivre.

– Vous m'avez dit combien ?

297

– Deux bons mètres.

– C'est bien parce que c'est vous, ce sont mes derniers.

Elle paya, écourtant le bavardage. L'odeur fadasse submergeait tout : les rideaux devaient en être imbibés.

Elle reprit sa bicyclette et démarra gaillardement. La boucherie Mauduit était fermée : sur le rideau de fer, une demi-feuille de papier indiquait que c'était un jour sans viande.

Il ne restait plus qu'à prendre le chemin du retour, une bonne petite grimpette, mais elle prendrait son temps, elle monterait en danseuse dans le soleil.

Par les fenêtres de son bureau, Castellain voyait les véhicules devant le perron.

Trois tractions et une camionnette. Les chauffeurs fumaient devant les calandres.

Il pensa que, vu la façon dont ils s'y prenaient, ils ne devaient pas avoir de problèmes de restriction de tabac. C'était idiot de penser à ce genre de choses à ce moment-là, l'esprit enregistrait des détails inutiles... A quoi pouvait servir de s'être aperçu que ces hommes fumaient sans souci de faire durer leurs cigarettes ?

Ils étaient trois devant lui. Le plus grand regardait la gravure qu'il avait accrochée lors de son arrivée à Bligny. Elle représentait un village du cap Corse... Luri. C'était le lieu d'origine de sa famille maternelle. Il l'avait toujours vue chez ses grands-parents, puis chez lui... il l'avait emportée à la mort de sa mère.

Les deux autres s'étaient installés face à lui, sur les fauteuils des visiteurs.

– Cela fait combien de temps que vous les cachez ?

Cela ne servait à rien mais, tant qu'à faire, autant aller jusqu'au bout.

– Qui ça ?

Les deux hommes se regardèrent et rirent. Ils avaient l'air sympathique. Ils étaient jeunes. L'un d'eux portait, au petit doigt de la main gauche, une chevalière avec un brillant.

Le deuxième se pencha et prit le coupe-papier qui se trouvait devant lui, au-dessus du buvard taché du sous-main. Il gardait l'air patient de celui qui, quoi qu'il arrive, a décidé de rester de bonne humeur.

– Ils sont dix, dit-il. Mon adjoint va vous lire la liste.

Castellain se recula sur le siège et croisa les mains sur son estomac. Il avait une idée fixe depuis que les voitures avaient freiné au ras du perron, c'était de ne pas se faire pipi dessus. Il

avait ressenti un remue-ménage dans ses sphinc-
ters, une envie irrépressible qui s'était calmée,
mais qui pouvait revenir. Pas cette honte... Ce
serait difficile de ne pas se laisser aller... il n'y
a pas plus peureux que moi. Qui les avait dé-
noncés ?

L'homme à la bague sortit une feuille qu'il
déplia. Les noms étaient tapés à la machine.

– Joseph Meyer et son épouse Andrea Meyer,
Simon Greisteyn, Marina Kaplan et Sylvain
Kaplan, son fils, Eleonora et Sarah Zackman,
Edmond Chantier, Gérard Puison, Bruno
Detaille. Vous n'avez jamais entendu parler de ces
gens-là ? Sept sont des juifs, trois des terroristes.

Castellain sentit sa vessie se gonfler à nouveau.

– A première vue, ça ne me dit rien.

Il enregistra que François de Bazelière n'avait
pas été mentionné. Le dénonciateur savait donc
qu'il n'était plus là... Or, il était parti depuis peu
de temps, cela pouvait être un indice. Pourquoi
est-ce que je cherche absolument à savoir qui nous
a donnés ? Simple satisfaction d'une curiosité
déplacée.

– Si, à première vue, ça ne vous dit rien, nous
allons essayer la seconde.

Ils l'entraînèrent hors du bureau. Je ne reviendrai pas, je ne reverrai plus ces murs... deux ans,
que je devais faire changer le papier...

Dehors, il vit les soldats. Il y en avait trois assis sur les marches du kiosque, d'autres étaient appuyés aux arbres, le long de l'allée. La plupart avaient des mitraillettes en bandoulière. Le vert des uniformes sur le vert du parc : comme la guerre était bucolique !

Ils suivirent le sentier qui menait au théâtre.

– Vous les gardiez depuis longtemps ?

Castellain réfléchit... il ne se rappelait plus exactement. Simon avait été le premier, les autres étaient venus plus tard... Sylvain après son évasion, puis sa mère, et les trois derniers.

Il ne répondit pas. Il avait depuis quelques secondes l'impression désagréable que sa semelle droite prenait l'eau, il l'avait fait ressemeler récemment, mais la pièce de caoutchouc avait dû se décoller.

Son oreille droite explosa, et il tomba sur les genoux. Il avait fermé les yeux sous la douleur et les cercles concentriques se reformaient sans cesse sous ses paupières, ils naissaient au milieu de la rétine et irradiaient partout à travers son crâne.

L'homme qui tout à l'heure regardait la gravure rangea sa matraque de caoutchouc dans la poche de son veston.

– Il se fout de nous, dit-il. Je ne supporte pas ça.

Les deux autres aidèrent Castellain à se relever. Ils étaient plus grands que lui. Tout le monde avait toujours été plus grand que lui.

La main à la chevalière époussetait son pantalon.

– Encore un petit effort, monsieur le Directeur, un tout petit effort.

Il les vit entre les arbres.

Ils se tenaient devant le perron du théâtre, sous le buste de Gérard Marchand.

Marina Kaplan serrait à deux mains une sorte de sac, Sylvain avait passé un bras autour de son cou. Les autres avaient des valises à leurs pieds. Castellain remarqua que, bien que l'on fût en plein été, Simon Greisteyn portait une écharpe de laine tricotée. Il fut surpris de voir combien Sarah avait grandi : elle était vraiment une enfant lorsqu'elle était arrivée, et durant tous ces mois, il ne l'avait vue que dans la pénombre, assise sur son lit, couchée durant son angine de l'hiver dernier, et voilà qu'il la contemplait avec le recul suffisant pour se rendre compte qu'elle était à présent de la taille de sa mère, à quelques centimètres près.

Les trois derniers arrivés se tenaient à l'écart. Un bouquin dépassait de la poche de veste de Gérard. Il ne parvint pas à en lire le titre.

L'homme de la Gestapo posa une main amicale sur l'épaule de Castellain.

– Vous pouvez, si vous le désirez, leur adresser quelques paroles. Vos chemins se séparent.

Castellain n'arrivait pas à détacher ses yeux du groupe. Il sentait au-dessus de lui la présence pesante du fronton du théâtre des chaises longues.

La pièce, aujourd'hui, se joue dehors, pensa-t-il. Gros à parier que c'est le dernier acte.

Il songea à la représentation qu'ils avaient donnée, à la Noël dernière. Ils avaient tous été vraiment magnifiques. Mon Dieu, faites qu'Élisa Marin ne revienne pas avant que ces fumiers ne soient partis...

Elle se dressa sur les pédales et donna un coup de reins de relance. C'était le tournant le plus dur, il y en avait trois en épingle à cheveux. Elle prit très bien le premier, évitant les gravillons, se déporta légèrement et chassa sur la gauche.

– Merde !

La jante écrasait le caoutchouc de la roue avant. Crevé une fois de plus. Elle coucha le vélo dans l'herbe du fossé et ouvrit la sacoche sous la selle. Elle y trouva un tube de gomme séchée et deux clés. Pas de rustine. Ce Gomard était un crétin. Il allait l'entendre.

Il n'y avait plus qu'à remonter à pied. Elle aurait le soleil dans le dos, et il était déjà chaud, mais il n'y avait pas d'autre solution. Elle récupéra les deux mètres d'élastique de M. Grangier, les fourra dans sa poche et commença à monter. Les rayons de la bicyclette abandonnée brillaient dans l'herbe.

Gomard viendrait la rechercher dans l'après-midi.

Les arbres au-dessus d'eux comme un dais protecteur : Sylvain chercha le regard de Castellain. Élisa n'est pas là, faites qu'elle soit absente, qu'elle puisse s'échapper. Je reviendrai, je suis déjà revenu, je suis le roi de l'évasion, mon amour, ne l'oublie pas.

– Alors, monsieur le Directeur, vous n'aviez jamais vu ces braves gens ?

Sylvain perçut le brouhaha à l'intérieur du théâtre dont les portes étaient ouvertes. Les soldats continuaient à fouiller loges et coulisses, leurs bottes résonnaient sur la scène.

Marina Kaplan regardait les arbres, l'alignement, c'étaient eux qu'il fallait regarder, rien d'autre. Le poids du bras de son fils et les arbres, éviter tout le reste, ces hommes autour d'eux, les soldats et ces trois civils en costume clair d'été, élégants : tout cela n'existait pas, c'était négligeable, et là était peut-être la leçon des grands livres qu'on lui avait lus enfant, et qu'elle n'avait pas comprise : ne rien voir que les choses durables, restreindre le monde à l'essentiel. Ce matin, il ne devait y avoir que les arbres, son fils et le ciel. Elle serra son sac contre elle et se dit que, depuis quelque temps, le Dieu d'Israël n'intervenait plus beaucoup. A une époque, il avait abondamment fait parler de lui, il avait écarté les eaux, noyé le pharaon, gravé son nom dans la pierre, incendié les buissons et guidé les pas de la tribu. Où était-il aujourd'hui ? Un effort, Yahvé, pour moi, pour Sylvain, pour Eleonora et sa fille, un effort, une pichenette, simplement...

Bruno Detaille se baissa et ramassa sa mallette. Lorsque les Allemands avaient fait irruption, il jouait aux cartes avec Sylvain. En fait, aucun d'eux n'aimait ça, mais cela leur permettait de bavarder à bâtons rompus, ils avaient pris cette habitude depuis une bonne quinzaine, c'était leur rendez-vous du matin.

Bruno soupira. Le plus dur restait à faire. Un mauvais moment, mais il fallait survivre.

Il se sépara du groupe et se dirigea vers les trois civils. Ils échangèrent quelques mots avec lui. Sylvain se tourna vers Gérard : il vit une larme couler par le coin interne de l'œil, suivre la pente du nez, contourner la narine et glisser vers la bouche qui tremblait. C'était Bruno : il avait

305

dû balancer ceux du réseau, aujourd'hui il doublait la mise, il recommencerait demain. Une bonne tête ronde et innocente. Sylvain se souvint de son rire lorsqu'il abattait le valet d'atout. Ils étaient devenus vraiment copains au fil des jours... peut-être n'avait-il pas parlé d'Élisa...

– Ramène-toi par ici.

Castellain chancela sous la poussée. Il avait toujours aimé les dernières paroles, les envolées ultimes : « La garde meurt mais ne se rend pas », « Vous montrerez ma tête au peuple... » Il en existait plein, la plupart du temps, elles faisaient partie de la légende, mais tout de même, c'était impressionnant, la dernière touche parachevait la statue du grand homme. Lui ne trouvait rien. Secoue-toi, Aristide, voici le moment.

Quelqu'un derrière lui le prit par le col de la veste et le poussa avec violence. Il faillit tomber et ses paumes s'égratignèrent sur le crépi du mur. Il se retourna et vit les soldats alignés devant lui : ils étaient quatre, celui du centre avait un calot, les autres des casques. Toujours cette fichue manie de relever le détail sans importance. Je suis Aristide Castellain et je vais mourir. Encore un truc qui m'a fait souffrir, ça, Aristide. Un prénom idiot. Personne ne m'a d'ailleurs jamais appelé ainsi, pas une femme, personne...

Les culasses des mitraillettes Sten claquèrent.

Je n'ai même pas fait pipi, petits bonshommes, vous n'êtes même pas arrivés à me flanquer la trouille.

Sarah Zackman se tourna vers sa mère et enfouit le visage dans son épaule tandis que Simon Greisteyn s'asseyait doucement sur sa vieille valise.

– J'ai oublié les prières, murmura Joseph à sa femme. Tu t'en souviens ?

Andrea secoua négativement la tête.

Trouve quelque chose à dire, bon Dieu, trouve quelque chose. Les autres te regardent, là-bas, sous le péristyle. Je me serai démerdé de telle façon que même mes derniers moments m'auront paru négligeables. Un beau cas de complexe d'infériorité.

Un ordre en allemand. Index sur les détentes.

Un sacré soleil.

Le directeur fit un geste pour rectifier le nœud de sa cravate et battit des paupières.

– Je m'appelle Aristide ! hurla-t-il, Aristide Castellain !

Un sacré soleil. Un effroyable soleil.

Il restait sept cents mètres et la pente était plus douce, mais elle avait très chaud à présent. Sur la gauche, il y avait un sentier qui menait à une villa abandonnée depuis la guerre, la chaîne qui fermait le portail était rouillée. Elle essuya une goutte de sueur qui avait franchi la barre de ses sourcils et vit l'homme descendre vers elle.

Bruno.

Il portait une mallette et marchait d'un bon pas.

Aucun des pensionnaires du théâtre ne devait sortir, sous quelque prétexte que ce soit : c'était la règle numéro un depuis de longs mois. Sylvain n'était plus retourné au ravitaillement avec elle, alors, que faisait là Bruno ?

Quelque chose n'allait pas.

Elle sentit le reflux du sang dans ses veines. Coton des jambes.

Il ne la regardait pas, c'était le plus frappant : pourquoi faisait-il cela ?...

A vingt-cinq mètres d'elle, il eut un mouvement de la tête vers le bois tout proche.

– Bruno ?...

Elle accéléra mais comprit qu'il ne s'arrêterait pas.

Il était à sa hauteur et tordit la bouche, le regard sur la route au loin.

– Planque-toi, ne va pas là-bas, dès que les voitures seront passées, file et ne reviens plus.

Elle s'arrêta au milieu de la route. Il était déjà derrière elle, ses semelles cloutées sonnaient sur le macadam.

Sylvain. Sarah. Sylvain.

Elle sauta le fossé, s'accrocha aux herbes et grimpa jusqu'aux limites du bois, les fougères frôlèrent ses hanches. Elle avança encore, dans l'odeur des tiges écrasées. Rester libre d'abord, c'est en restant libre qu'elle pourrait peut-être les aider...

Elle se tordit la cheville et courut, courbée, jusqu'aux premiers troncs. De là, elle était invisible. Elle s'écroula, le cœur dans la gorge, et entendit le bruit des moteurs. Dans le miroitement des rayons, elle ne put voir à travers les vitres. Les tractions roulaient devant, suivies de deux side-cars militaires. La camionnette fermait le convoi. Il y avait deux soldats armés sur les marchepieds.

Ils sont dedans, ils les emmènent, j'en suis sûre, je le sens dans mon ventre, je le sais...

Il fait si beau... nous nous retrouverons, Sylvain, c'est inévitable, ou alors rien n'a de sens, ni ce soleil, ni l'été, ni notre vie... Il est là, derrière ces portes métalliques qui s'éloignent, qui vont disparaître dans le virage.

Élisa vit le toit du véhicule surnager plus bas, au milieu des feuillages, il roulait à présent dans le silence lumineux. Il n'y avait plus d'ombre. Elle regarda sa montre : il était midi.

1967

Les images qui resteront de ces années seront les premières à être en couleurs.

Bardot sur la couverture des magazines porte des robes en vichy rose. On tourne encore en noir et blanc, Chabrol, Godard, la Nouvelle Vague, mais, sur les écrans, le Technicolor d'Amérique déferle... Les documents sur la guerre ont vieilli soudain, il leur manque le rouge du sang et des flammes, ce qui est gris s'éloigne, déréalisé. Que reste-t-il d'ailleurs de cette époque ? De Gaulle qui s'essouffle et une génération qui cherche l'oubli ou a oublié... celle qui monte danse sur d'étranges rythmes. Salut les Copains, Castro, Hô Chi Minh, Kennedy abattu, Mao modèle révolutionnaire, Lumumba et Khrouchtchev... la sarabande s'est internationalisée.

Beaucoup d'accidents de voitures sur les routes du monde libre, c'est le temps des décapotables tropéziennes, et c'est parti pour la télé, la France pleure en regardant *Janique Aimée*. L'empire colonial s'est effondré...

Les théories s'amoncellent, prospection, analyse, décorticage... Sartre s'introspecte dans *Les Mots*... Malgré Presley, Europe 1 et l'éclatement de l'électroménager, on s'ennuie un peu... Pourtant, on est déjà sur la lune...

Il semble établi dorénavant qu'il faut être jeune pour être heureux...

Comment vis-tu ces temps, Élisa ?

Un été encore.

Comme ils avaient passé.

Je n'y faisais pas tellement attention autrefois, il y a dans la vie des gens une période où le nombre des saisons semble inépuisable, et puis l'on arrive aux époques où les mois d'août se raréfient. On cherche au fond du sac, et les doigts grattent la toile : il en reste combien ? Dix ? Quinze ? Allez, disons une bonne douzaine... Approchez, les ménagères, approchez, c'est pour les finir. Qui les veut, mes beaux étés ? Je vous fais un prix, ils sont beaux, ils sont superbes, regardez-les : lumière, verdure et chaleur garantie...

Les étés ont été. Rigolo, non ?

Élisa ouvrit les yeux et changea de position. Le dossier du banc lui meurtrissait les omoplates.

Assis près d'elle, Félix Barthon continuait à parler. Elle avait dû s'assoupir quelques instants.

– Mais c'est quand même *Les Enfants du paradis* qui restent mon meilleur souvenir...

Il était reparti dans la nostalgie, c'était un peu agaçant. A partir de cinquante ans, on ne rencontrait plus que des gens qui se penchaient sur leur passé... Il en découlait des conversations languissantes, coupées de silences méditatifs. Elle relança, par politesse et parce qu'elle aimait bien Félix :

– Vous avez joué dans *Les Enfants du paradis* ?

– Oui, une idée de l'assistant de Carné. Il tournait la scène finale, celle du carnaval sur le boulevard du Crime. Il se penche vers Marcel et il dit : « Ya pas de fête sans enfants, nous n'en avons pas, il en faut un. » Moi j'étais là, j'étais venu voir tourner ma mère. Carné me voit et dit : « Prenez celui-là, il a l'air con, mais c'est le seul. » On m'a mis une collerette, et en avant.

Élisa se mit à rire.

– Et on vous voit ?

– Non, mais j'y suis. C'est l'inverse de *Macao, l'enfer du jeu*, où on m'y voit mais où je n'y suis pas.

Le répertoire de Félix. Inépuisable.

A chaque fois qu'elle le rencontrait, elle était partagée entre l'envie de l'écouter et celle de le fuir... Le projectionniste pouvait devenir fatigant.

315

– Expliquez-moi ça.

– C'est simple : quand Mireille Balin regarde la photo de son fils abandonné, c'est la mienne. En gros plan. Donc, j'y suis et je n'ai pas joué dedans, c'est bien ce que je vous disais. Après, j'ai enchaîné avec Gabin, j'ai beaucoup joué avec Gabin, il ne s'en est jamais aperçu. Très gentil.

Les rayons sur mon visage, l'ombre tourne, les heures avec, que viens-tu chercher chaque mois à cette même place ?

– Mon pire souvenir, c'est quand même *La Duchesse de Langeais*...

Il fallait faire un effort, s'intéresser, manifestement il attendait qu'on le relance, Félix. Allez, sois gentille, il a projeté son dernier film hier soir, c'est un peu le marasme dans sa tête, il a besoin d'évoquer pour ne pas se morfondre.

– Vous avez joué dans *La Duchesse de Langeais* ?...

– Avec Edwige Feuillère, elle passe et je m'incline. On me reconnaît facilement, c'est moi qui m'incline le plus bas : j'avais l'appendicite.

– Vous avez eu l'appendicite pendant le tournage de *La Duchesse de Langeais* ?

– Oui, je joue la scène courbé, j'exprime un immense respect, mais en fait je déguste.

Il chercha les gauloises dans la poche de sa veste.

– Enfin voilà, c'est fini les projections, ça revenait trop cher et puis, il y a la télé à présent...

La dernière séance avait eu lieu l'avant-veille, quelques pensionnaires de l'hôpital, des élus locaux, des responsables des collectivités et de lointains représentants du ministère, tout cela annonçait la fin.

– Si vous voulez mon avis, dit Félix, ils vont raser le théâtre et construire des annexes à l'hosto, je sens venir ça gros comme une maison.

– Vous êtes pessimiste...

Elle pensa qu'il n'avait cependant pas tort...

Après la guerre, les spectacles avaient repris, dans la double euphorie de la victoire et de la pénicilline. Comment aurait-elle pu oublier ?

Les soirées se succédaient tandis que les poumons guérissaient, il n'y avait eu que Joséphine sur qui le médicament n'avait pas eu d'effet : elle était morte en 46 d'une hépatite résultant du nouveau traitement. Quelques semaines avant, elle pensait avoir enfin trouvé le remède et s'étonnait de ne pas y avoir songé plus tôt. Il reposait sur un principe limpide : la vie avait deux extrêmes, le léger et le lourd, l'animé et l'inanimé, l'air et la matière, il fallait condenser les deux, et pour cela fabriquer un mélange de l'un et de l'autre. Elle pulvérisait donc des élytres de papillons et des cailloux du jardin, et se confectionnait des pastilles à sucer. C'était une sorte de pâte fondamentale, autrement plus philosophique que la streptomycine à laquelle Joséphine ne crut jamais.

– Allez, je vous laisse. Vous reviendrez quand même nous voir de temps en temps ?

– Bien sûr, Félix, je reviendrai.

Elle le regarda s'éloigner dans l'allée.

Rien n'avait changé depuis son arrivée ici... c'était en... non, ne pas calculer, surtout ne pas calculer, tu as cinquante balais, ma vieille, cinquante, et encore, en arrondissant.

Respire, chaque inspiration a ce goût unique d'air frotté aux pelouses, aux rivières. Lui seul est immuable, le paysage a changé, des villas, des constructions ont élargi les villages, on ne voit plus le clocher de Frileuse ni les coteaux de Chantecoq. Il semble que Paris pousse vers nous ses pseudopodes : voici l'instant où la campagne devient banlieue... Il reste le parfum du parc autour du théâtre fermé, fermé depuis hier.

Il fallait au fond de ses narines retrouver chaque herbe, chaque fragrance de l'étang proche, l'eau morte et douce dont nous avions ensemble respiré la fadeur sucrée. Un jour, des nénuphars épais s'étaient ouverts sous la pluie, c'était... oh, je pourrais en retrouver le jour, c'était fin août 42. Une nuit mouillée. Nous avions ouvert la fenêtre de la chambre et le monde y était entré, humide et odorant, chaque goutte était un parfum.. Oh, Sylvain, il fallait revenir...

Ils m'ont guérie, cela a pris neuf mois, la durée pour une naissance... Il était temps, m'ont dit les médecins. Merci, monsieur Fleming. Adieu, mister Koch !

J'ai suivi ta trace, Sylvain, et celle des autres. J'ai fait partie de ces foules qui attendaient à l'hôtel Lutétia, j'ai remonté les filières, je suis devenue une bouffeuse d'archives, j'ai lu ton nom sur des listes déjà jaunissantes, le temps ronge le papier en commençant par les bords.

Mauthausen...

Le bout de ta route... Je connais toutes les étapes de ton voyage, les trains, les camps, je pourrais suivre ton chemin les yeux fermés. Vous avez tous disparu, mes complices d'un soir de Noël...

Vous souvenez-vous comme nous étions beaux ? J'étais le duc et je mourais, vous vous pressiez autour de moi, si vivants... Décidément, le théâtre est l'inverse de la vie... Simon, Joseph, Sarah, les femmes, et Castellain qui s'était dressé à la réplique dernière... Il ne reste plus que moi.

Je vous ai tous cherchés et n'ai retrouvé personne. Voilà comment on devient très vite une vieille dame, vous m'avez laissée continuer seule la suite de l'histoire. Pas chic de votre part.

J'ai eu ma vie sans toi, Sylvain, enfin disons que je m'y suis efforcée. Quelques hommes sont passés, j'en ai même épousé un, un Anglais. Tu vois que j'ai fait des efforts, mais ça n'a jamais très bien marché, je pense que tu y as été pour quelque chose... J'ai travaillé, « belle situation », disait mon mari : c'était sa formule, ça, au cours des soirées entre amis à Londres : « Élisa a une belle situation. » Et puis, je suis rentrée en France et j'ai choisi Paris pour être près d'ici. La semaine dernière, je suis passée devant la gare de l'Est, je t'ai cherché à l'arrivée d'un train, permissionnaire d'une drôle de guerre courant vers moi dans la vapeur des locomotives, j'ai gardé l'odeur de ta vareuse et de la fumée, sais-tu que les trains sont devenus électriques ?...

J'ai retrouvé l'hôtel en face, il a changé de nom mais c'est toujours le même, j'ai reconnu l'entrée... Je reviens ici une fois chaque mois depuis bientôt cinq ans. C'est une habitude tendre et douloureuse, je mets mes pas dans les nôtres, espérant qu'il existe une mémoire des allées du parc, de ces arbres qui nous ont vus passer, je tourne autour du théâtre. Bonjour, monsieur le Fondateur... Il y a une plaque à l'endroit où fut fusillé Castellain. J'effleure son nom de mes doigts, il y a des fleurs, parfois, à la Toussaint, j'en apporterai cette année.

Il y a eu un deuxième fusillé dans notre histoire : Bruno Detaille, arrêté à la Libération, condamné à mort par un tribunal d'exception. Pourquoi m'a-t-il sauvée ? Je ne l'ai jamais su, et lui non plus sans doute, il doit arriver que l'on se fatigue de trahir, un trop-plein d'immondices, une envie de remettre le couvercle, un court instant, il s'est trouvé que j'en ai profité, une belle condamnation à vivre...

– Je savais que je vous trouverais là...

Monsieur le directeur adjoint est un sémillant jeune homme. Attention cependant, la notion de jeune homme est élastique, car toute subjective, disons que M. Fontanel a quarante ans. Il s'est démené comme un diable, il y a quelques années, pour me faire avoir une médaille. Il a écrit partout, fait signer des témoins retrouvés à grand-peine, bref, je suis une héroïne de la Résistance, tout ça parce que j'étais une fille amoureuse, et que rien ne pouvait me séparer de toi. Enfin, maintenant que je sais comment on les attrape, je ne crois plus beaucoup aux décorations.

– Pourquoi fermez-vous le théâtre ?

Fontanel surveille ses ongles parfaitement coupés.

– C'était devenu surtout un cinéma. La location des films revient cher et depuis que nous

321

avons installé la télévision dans les chambres la demande est moins forte.

– Vous allez le démolir ?

– Ce n'est pas au programme, actuellement...

Cela veut dire que ça peut l'être demain. C'est vrai que l'hôpital s'est étendu depuis que le sana a disparu, curieux d'ailleurs ce phénomène, un fléau disparaît et il y a encore plus de malades.

– Nous faisons quelques pas ?

Je me laisse entraîner. Un brave garçon, il veut savoir ce qui s'est passé, comment nous avons vécu là ces années noires... D'ordinaire, il pose des questions, que mangeaient-ils ? que faisaient-ils ?... Je le soupçonne de préparer un livre sur le sujet...

Je lui réponds, cela me permet de prononcer vos noms à haute voix, une façon de vous sentir survivre. Je ne sais pas pourquoi je me suis attachée à cette idée : tant que quelqu'un, sur cette terre, dira ton nom, Sylvain Kaplan, tu ne seras pas mort tout à fait. Je sais que les souvenirs sont faits pour disparaître, que c'est leur destin, qu'il doit en être ainsi. Nul, un jour, ne se souviendra de vous, ni de moi. D'accord, mais je ne peux pas l'admettre, je ne sais pourquoi. Je suis une imbécile.

Je voudrais qu'il reste ne serait-ce qu'un écho de ton rire, l'ombre de nos corps sur un drap, une silhouette qui va s'effaçant dans la pénombre du sous-bois, que ce soit un rien, une lueur, une parole, mais il est trop dur de savoir que tout se passe comme si rien de ce qui a été n'avait existé... qu'un jour, les lumières s'éteindront.

Je viens ici pour faire revivre, maladivement, ces moments, alors, sous mes paupières, naissent des détails oubliés, je repeins la toile, je rafraîchis les couleurs. Je reprends par le début et je laisse se dérouler la pellicule. Un jour, une fille se promène, elle est pâlotte, elle toussote, elle rentre dans ce théâtre de fond de parc, s'installe dans la salle, et voici que sur les planches apparaît un garçon bondissant, une sorte de clown. C'est le début de l'histoire. Elle est finie depuis longtemps... plus de vingt ans. Je suis là pour la ranimer.

Fontanel bavarde, modernisation des locaux, nouvelles technologies, création de pavillons nouveaux. Il a plein de projets. Il me sert de fond sonore.

Il me reste peu de temps. A partir de cinq heures, la route est encombrée, c'est le retour des Parisiens, quelques heures de verdure et ils rentrent tous vers la capitale. Temps nouveaux... Si je ne veux pas arriver trop tard, il me faudra partir dans moins d'une demi-heure. Mais qui m'attend ?

– Au revoir, monsieur Fontanel, à la prochaine fois.

Il s'incline, me sourit et ne s'offusque pas, il sait que j'aime être seule lorsque je me retrouve ici, je ne pénétrerai pas à l'intérieur, pas cette fois, il faut économiser les sensations, et puis je connais à présent chaque millimètre des coulisses, de la scène, de la loge... J'entrerai le mois prochain.

Élisa Marin se retourne et sort de son sac une paire de lunettes noires car le soleil est face à elle à présent.

C'est dimanche.

Il reste quelques visiteurs qui s'attardent.

Pavillon de la maternité. Pourquoi toutes les femmes enceintes portent-elles ces robes de chambre ouatinées du même bleu layette ? La mode...

A un croisement, un garçon fume sur le banc, devant le kiosque qui ne sert plus.

Il m'a attendu là tout ce temps.

C'est lui. Sa silhouette... Revenu du fond de l'Histoire. Je l'avais dit, je savais qu'il reviendrait. Comment prononçait-il mon prénom ? « Élisa », oui, c'était ça, « Élisa », avec le *a* rapide. Il va le dire...

Ne te retourne pas, jeune homme, garde la pose. Il avait aussi cette façon de ployer la nuque pour se livrer au soleil. Tu as l'âge qui était le sien lorsque je l'ai rencontré, es-tu vivant, garçon, ou es-tu un fantôme ?

Je ferai le détour pour ne pas voir ton visage, pour conserver le doute, pour croire longtemps que tu as fait le chemin jusqu'à moi, traversant les mondes interdits, comme dans les vieux contes, lorsqu'il est écrit que nulle mort ne peut séparer les amants, et qu'au moins une fois, avant de replonger à jamais dans l'éternité, le trépassé croise la route de l'aimée. C'est donc peut-être toi, sur ce banc dans la fin de ce jour... Quelques instants encore et tu vas t'effacer et disparaître, dissous dans la lumière... Je garde le secret enfoui, je sais que c'est pour moi que tu es revenu.

Élisa s'est installée au volant de sa voiture et a baissé les vitres. Avant de mettre le contact, elle écoute les bruits déjà lointains.

Paris au bout de la route, dans un peu plus d'une heure, elle sera chez elle. Elle allumera la télévision pour le journal du soir et elle regardera par la fenêtre la nuit tomber sur l'avenue.

Des voisins l'ont remarqué : lorsqu'elle s'accoude à son balcon, elle ne se met jamais au centre, elle laisse un vide près d'elle, à sa droite, comme si, sorti de l'ombre de l'appartement, quelqu'un allait venir et se placer près d'elle pour partager la douceur du soir et voir naître les premières étoiles, mais personne jamais n'est venu...

La composition de cet ouvrage
a été réalisée par I.G.S.-Charente Photogravure
à l'Isle-d'Espagnac,
l'impression et le brochage ont été effectués
sur presse Cameron dans les ateliers de
Bussière Camedan Imprimeries
à Saint-Amand-Montrond (Cher),
pour le compte des Éditions Albin Michel.

Achevé d'imprimer en mars 1997.
N° d'édition : 16278. N° d'impression : 4/258.
Dépôt légal : mars 1997.

2